Engelen van Maastricht

JULES COENEGRACHT

Engelen van Maastricht

VERHALEN UIT DE STAD

Uitgeverij Brandt
Amsterdam 2020

Omslag: Graven13
Omslagbeeld: Benedek, iStock
Auteursfoto: Loraine Bodewes
Typografie: Zeno Carpentier Alting
NUR 300
ISBN 978 94 93095 35 9

Voor Denise

(Met dank aan Hanneke)

Inhoud

Nooit meer Maastricht

Trots. Je hield niet van dat woord, het ergerde je. Je ergerde je aan van alles, dat was onderdeel van je charme. *Iemand die om dingen geeft*, dacht ik, nadat we elkaar voor het eerst ontmoet hadden. *En zichzelf niet te serieus neemt.* Zo leidde je me ook rond door jouw stad. Het was overigens niet de bedoeling dat ik dat zei, 'jouw stad'. Je leidde me rond met ironische distantie. Tegelijk liet je geen twijfel bestaan als iets je niet beviel. 'Neofascistische pretentie,' zei je, lopend door de straten van een nieuwe stadswijk. 'Al die deprimerende bakstenen. Hoog, recht, strak. Imponeerdrang, dat is het.' Toch klonk, onuitgesproken, dat woord door. Je raakte geïrriteerd toen ik dat zei: 'Je bent trots op je stad.'

'Gebruik dat woord niet, wil je. Het is afschuwelijk. Iedereen is maar overal trots op. Trots op zichzelf, trots op het team, trots op Almelo. En dan heb ik het nog niet over dat afschuwelijke zinnetje, dat braakmiddel: "Daar ben ik best een beetje trots op." Ik ben niet "trots" op Maastricht, ik heb die stad niet gebouwd. Het is een fijne stad om te wonen, niet te groot, niet te klein. Sfeervol. En ik ben hier opgegroeid. Als ik een huis zie, denk ik: daar woonden we. Dan denk ik aan mijn vader en moeder, aan hoe het was, thuis. Of ik loop langs een appartementencomplex en denk: hier was vroeger mijn middelbare school. Dan verplaatsen mijn gedachten me weer naar school, naar mijn vriendinnetjes. Naar mijn eerste vriendje. Mijn herinneringen leven in deze stad. Maar ik zou net zo goed ergens anders kunnen wonen.'

Het bospad gaat over in een trap en terwijl ik afdaal, lijkt het even of je weer naast me loopt. In het begin zag ik niet veel van die mooie stad die ik niet de jouwe mocht noemen. We zagen vooral lakens. Dat weekend toen ik na de zoveelste vrijpartij aan je vroeg: 'Hoe lang ben ik nou eigenlijk hier?' Het bleken 24 uur te zijn en in die tijd hadden we het bed alleen verlaten voor tochtjes naar de badkamer en de ijskast. De trap eindigt, de bomen wijken en ik zie het liggen: Slavante.

We gingen vaak uit eten, daar hield je van. Die eerste tijd kreeg ik sowieso de indruk dat centrale gebeurtenissen in het leven van Maastrichtenaren zich bij voorkeur afspelen in horecagelegenheden. De begrafenis van je tante in de Onze Lieve Vrouwekerk, met het koortje van fragiele oude dametjes dat zong: 'Geleid ons door het leven, o Sterre der Zee.' Na de mis en het kerkhof gingen we hiernaartoe, naar Slavante. Daar was de koffietafel en hoewel er inderdaad koffie, broodjes en gebak geserveerd werden, verscheen tegen het einde van het samenzijn toch her en der een glas fris bier. Je legde me uit hoe dat werkte. 'Het maakt de stemming minder bedrukt, niemand staat graag lang stil bij de dood. En mijn oom kan eindelijk ontspannen. Mijn tante is erg ziek geweest. Het was zwaar, maar nu is het voorbij. Hij drinkt op het leven, samen met zijn familie en vrienden.'

Ik ga op het terras zitten, het is niet druk op deze doordeweekse dag. Toen de koffietafel ten einde liep, zaten wij hier ook. Ik zei dat ik dit zo'n aangename plek vond, half verborgen tegen de helling van de Sint-Pietersberg, met dat uitzicht over de Maas. Je verschafte meteen de noodzakelijke achtergrondinformatie. 'De naam Slavante komt van de orde der Observanten die hier in 1489 een klooster bouwde. Moet je nagaan: voordat Columbus Amerika ontdekte, voordat iemand zelfs maar van New York gehoord had, zaten ze hier al trappist te drinken. Dat is pas beschaving.' Je kende ook de naam van dat oude klooster, *Conventus Montis Divinae Gratiae*. Klooster van de Berg van Goddelijke Genade. Vanaf het terras kijk ik uit over de Maas, net als wij toen. Het uitzicht is niet hetzelfde.

Ik reken af en loop verder, richting Ursulinenweg. Bij de kerk van Sint-Pieter boven overweeg ik het kerkhof op te gaan; toch maar niet. Ik loop omlaag naar de Lage Kanaaldijk en herinner me hoe wij hier samen liepen. Op die vroege zondagmorgen scheen de zon, was de lucht fris en blauw en het terras van het eenzame café Bel-Air was al open. Er stond geen eten op de kaart maar de eigenaresse ging een eitje voor ons bakken. We ontdekten dat we geen geld bij ons hadden, geen portemonnee, geen pasjes, niets. Ze zei dat het geen probleem was, dat we ook morgen konden betalen. Je sprak Maastrichts met haar, misschien dat

dat hielp, maar het was zeker niet het enige; ze was zo aardig. We liepen vrolijk verder, als kinderen, hand in hand, lachend. Ik loop langs Bel-Air, het is gesloten nu.

Ik sla de Glacisweg in, met zijn fijne buurtwinkels, jouw buurtwinkels. Met de supermarkt die in de volksmond nog steeds De Disky heet. Met de groenteboer, de patisserie, de drankhandel en de drogisterij annex apotheek waar ik op een gegeven moment bijna dagelijks kwam. Al die medicijnen, uitgestald op de grote rieten mand in je slaapkamer.

'Ben je bang voor de dood?' vroeg ik. 'Nu niet meer,' antwoordde je.

Ik kan niet meer verder lopen door deze buurt, in je huis wonen andere mensen. Ik zou nog een keer door de kamers willen dwalen.

Voordat ik terugga wil ik nog één keer eten in het restaurant waar we zo vaak kwamen. De mensen daar herkennen me. Als ik naar de wc ga, de wc met het geluid van fluitende vogeltjes waar jij zo dol op was, vraag ik me af of ze iets met de verlichting gedaan hebben. Vanuit de spiegel kijkt een grijs gezicht me aan.

Hoe lastig was het om bij je weg te gaan, zondags. Terug naar Amsterdam, terug naar mijn werk. We stonden op het station, de trein stond klaar. Ik zei: 'Tijd om te gaan.' Je keek me aan met die donkergrijze ogen van je, ogen waarin ik na al onze tijd samen nog steeds onbezochte diepten vermoedde. Ik dacht: in die ogen ben ik veilig.

De Stokstraat

Ze liepen gearmd door de Havenstraat. Als een koppel dat de tijden van stormachtige emoties achter zich heeft gelaten en tevredenheid – misschien zelfs geluk – in elkaars gezelschap heeft gevonden. Roos trok haar man nog wat dichter tegen zich aan; voor extra bescherming tegen de natte herfstwind wellicht, maar toch vooral om de behaaglijkheid van hun samenzijn te benadrukken. Ze bleven staan voor de grote etalage van een mooie schoenenzaak. Hij wist waar ze aan dacht, en kneep even in haar arm.

***

Een paar weken daarvoor waren ze op bezoek geweest bij de kapelaan van de Onze Lieve Vrouwekerk. Kapelaan Hernandez, een dertiger uit Madrid, was geïnteresseerd in de geschiedenis van het Stokstraatkwartier. Toen hij hoorde dat Roos in dat stadsdeel geboren was, had hij haar en haar man uitgenodigd een kop koffie te komen drinken. Het had haar moeite gekost Jean mee te krijgen. 'Het is ongetwijfeld een hele aardige vent Roos, maar waar moet ik met hem over praten? Over god en het hiernamaals?' Toch had ze hem meegetroond en het was zelfs een gezellige avond geworden.

'Ja, padre,' had Jean met uitgestreken gezicht gezegd, 'dat waren andere tijden.'

Roos wist dat hij dat met opzet deed, deze aardige jonge priester met 'padre' aanspreken alsof hij een personage uit een oude western was. Ze wilde haar man schoppen, maar dat was nog niet zo eenvoudig als je keurig een kopje koffie zat te drinken rond een glazen salontafel.

'Vroeger was het Stokstraatkwartier een achterbuurt,' ging Jean verder. 'Met drank, hoeren en nog zowat van die dingen die het leven opvrolijken. En wat u als katholiek zal aanspreken: het stikte er van de kinderen. Als u een idee wil krijgen van wat we in Nederland de babyboom na de Tweede Wereldoorlog noemen, moet u foto's van het Stokstraatkwartier in de jaren vijftig bekijken. Overal zie je kinderen, in hordes trokken ze door de straten.'

De kapelaan had geglimlacht. 'En u bent daar opgegroeid?' vroeg hij aan Roos.

'Ja, we woonden in de Havenstraat, waar nu die grote schoenwinkel is, weet u wel? We woonden met zijn zevenen in een driekamerwoning.'

'Met zijn zevenen? Dat zal niet makkelijk zijn geweest.'

'Nee. En toch... Toen ik klein was, sliep ik in bed bij mijn oudere zus, Maria. Ze zei dingen als: "Kom lekker tegen me aanliggen, Roos. Gaan we samen dromen." Maar we waren arm. Mijn vader dronk en was meestal werkeloos. We hadden niet altijd kolen voor de kachel. "Doe je jas maar aan," zei mijn moeder dan. "Dat is helemaal niet zo erg." Mijn moeder was altijd vrolijk, ik heb haar maar één keer zien huilen. Dat was toen ze een avond geen eten had om op tafel te zetten. Wij kinderen probeerden haar te troosten, we zeiden dat ze zich geen zorgen hoefde te maken, dat we toch geen honger hadden.'

Jean keek haar aan en zei vlug: 'Toen Roos er woonde was de renovatie van de buurt eigenlijk al begonnen. De meeste panden waren vervallen, ramen waren dichtgetimmerd. Families werden met zachte hand verzocht op te hoepelen. Naar de Ravelijn bijvoorbeeld. Dat was een apart buurtje aan de rand van de stad, waar ze de asocialen uit de Stokstraat wilden heropvoeden tot nette burgers. Een "woonschool", noemden ze dat.'

'Bent u ook in het Stokstraatkwartier geboren, mijnheer Dumoulin?'

'Nee, nee, ik kwam uit het Villapark.'

'En hoe heeft u elkaar leren kennen, als ik vragen mag?'

'Op de Montessorischool.'

'De Montessorischool?'

'Kent u het stukje Stokstraat dat omlaag loopt richting Graanmarkt? Het pleintje dat daar achter het hek ligt was vroeger de speelplaats van de Montessorischool. Het was een degelijke katholieke basisschool waar vooral kinderen uit de betere middenstand naartoe gingen. Plus een enkel exemplaar als Roos natuurlijk, dat nog achtergebleven was in de Stokstraat. De school lag tegen de kerk aan, je kon vanuit de school zelfs direct de kerk in. Roos en ik zaten bij elkaar in de klas. In de tweede klas, bij juffrouw Sidi, kregen we ruzie. Roos werd boos en liep de school uit om haar vader te halen; die woonde toch om de hoek. Het was een hele toestand, die arme juffrouw Sidi had flink wat te stellen met de vader van Roos. Hij riep dat ze haar werk niet goed deed, dat ze de kinderen beter in bedwang moest houden en dan vooral die bullebak die lelijk deed tegen zijn lief Roosje.'

'Ja,' zei Roos, 'en we kregen elke week godsdienstles van pater Castorius. De pastoor durfde zich in een achterbuurt als de Stokstraat niet te vertonen, maar pater Castorius wel. Ik zie hem nog lopen, met een misdienaar voor zich die een lamp met kaars droeg. Dan gingen ze bij een zieke thuis de communie brengen.'

**

Jean kneep nog een keer in haar arm en Roos keerde terug naar het heden. Ze lieten de etalage en de schoenenzaak die eens haar thuis was geweest achter zich en liepen de Havenstraat uit, linksaf de Plankstraat in.

'Weet je,' zei ze, 'ik wil niet nostalgisch doen, maar...'

'Waarom zou je niet nostalgisch mogen doen? Weet je wat Bert Schierbeek zei over nostalgie?'

'Nee.'

'Nostalgie, zei hij, is "liever achteruit kijken, liever niet vooruit kijken, en liever niet doodgaan". Als je afgaat op het laatste deel van die omschrijving, wat zou je dan tegen nostalgie kunnen hebben? Maar het is niet het gevoel dat de gepassioneerde professional graag wil uitstralen op LinkedIn, dat geef ik toe.'

Ze wilde zeggen: soms praat je te veel, Jean. Maar ze wist dat hij dat ook wel wist en kuste hem in plaats daarvan licht op zijn wang. Ze zei: 'Weet je, ik ben opgegroeid in een achterbuurt, maar als ik aan mijn jeugd denk, zie ik mezelf zitten in de zon. Op de rand van de stoep, met mijn mooie vestje aan. Mijn zusjes zijn aan het touwtjespringen, ik mag niet meedoen omdat ik nog te klein ben. Maar dat vind ik niet erg, ik vind het fijn om daar te zitten en te kijken.' Ze zweeg even. 'Niemand wil arm zijn. Iedereen wil goed eten, een warm huis en mooie kleren hebben. In de Stokstraat hadden we geen smartphones en geen Netflix. We gingen niet op vakantie naar Antalya of Thailand. Maar als ik door mijn oude buurt loop, langs die fraaie panden met exclusieve winkels, dan kan ik niet nalaten te denken: zijn we nu gelukkiger? Minder eenzaam? Het is mooi hier, in deze straten, maar op een of andere manier voelt het kouder. Leger.'

Heilige Geest

'Claire, kijk uit!'

Ze kon de lantarenpaal nog net ontwijken.

Hij zuchtte inwendig. Ze was een van de weinige familieleden die hij nog had en hij kon het goed met haar vinden, maar haar postpuberale gedrag vond hij op sommige momenten tamelijk vermoeiend.

'Je bent dronken,' zei hij.

'Nou, dronken... Opgewekt.'

'Die zes pils hebben daar niks mee te maken.'

'Mijn god, Jelle, je klinkt als een dominee.'

Ze waren in Lumière naar de film geweest en hadden daarna in het bijbehorende café 'nog wat gedronken', zoals Claire dat uitdrukte. Nu liepen ze in het donker door de Boschstraat richting Markt. Zij niet helemaal stabiel, hij met de blik recht vooruit. Hij zweeg, maar ze wist precies wat hij dacht. *Er is niks mis met een glas alcohol, maar de hoeveelheden die jij af en toe naar binnen werkt...*

'Ik wil alleen maar zeggen...' begon hij.

'Dat het ook niet goed is voor het milieu?' Ze had meteen spijt van die opmerking. 'Sorry, dat had ik niet moeten zeggen.'

'Stoort het je dat ik die dingen belangrijk vind?' vroeg hij.

'Wat, het klimaat en zo? Nee, god nee, natuurlijk niet.'

Ze keek naar de grond en hij wist precies wat ze dacht. *Je kunt jezelf wel progressief en ruimdenkend vinden, maar als het erop aankomt, ben je net mijn vader: dit mag niet, dat mag niet, dit is slecht, dat is een zonde. Jullie hebben alleen een ander handboek. Mijn vader had de Heilige Schrift, jij de klimaatbijbel. En ook jij houdt je als het lastig wordt niet aan het Woord. Hoeveel keer per jaar ga je ook alweer op vliegvakantie?*

'Maar ik vind wel dat je meer moet bewegen. Je wordt te dik.' Ze zei het glimlachend, om duidelijk te maken dat ze met deze onschuldige opmerking de lucht wilde klaren.

Hij begreep haar meteen en zei: 'En jij moet minder vlees eten.'

'Je hebt gelijk. Weet je, laatst dacht ik: als je iets doet, moet je het goed doen. Misschien word ik wel veganist.'

Ze zei het op zo'n manier dat hij een fractie van een seconde dacht dat ze het meende. Ze zag de twijfel over zijn gezicht trekken en moest lachen. 'Weet je wat het leuke aan jou is, Jelle? Hoe oud je ook wordt, je verliest nooit helemaal je naïviteit.'

Ze kwamen op de Markt waar het verlichte stadhuis een wat verlaten indruk maakte. Alsof de andere gebouwen, knus tegen elkaar leunend, dachten: je bent dan wel mooi, maar je staat daar maar mooi alleen.

'Kom, we gaan bij het stadhuis op de trap zitten,' zei Claire.

Ze keken uit over het lege plein.

'Mooie film was dat,' zei hij. 'Had jij al eens gehoord van Hildegard von Bingen?'

'Nee. Maar die film gaf de sfeer goed weer. Zo'n klooster in de middeleeuwen...' Ze zuchtte. 'Ik dacht dat ik het allemaal achter me gelaten had.'

'Wat bedoel je?'

'Religie. Geloof in god en het hiernamaals. Maar op een of andere manier kom ik er niet los van. Ik blijf wierook ruiken, om het zo maar eens te zeggen.'

'Dat is niet zo raar, je bent ermee opgegroeid. De geur van wierook brengt je terug naar je jeugd, naar de geborgenheid van je kindertijd.'

'Misschien. Ik denk steeds: het is allemaal flauwekul, iets uit de prehistorie. Toen mensen dachten dat de zon en de donder goden waren. Wist je dat Luther het verstand "de hoer van de duivel" noemde?' Ze zweeg even. 'Maar het is natuurlijk een geruststellende gedachte. Te weten dat de dood niet het einde is.'

Hij keek haar aan en dacht: *ik wil met je naar bed.*

Hij zei: 'Zal ik je eens vertellen wat de overeenkomst is tussen religie en wetenschap?'

'Ga je gang.'

'Wetenschap en religie zijn alle twee tégen behoeftebevrediging en vóór het doen van dingen waar je geen zin in hebt. De wetenschap zegt: je moet niet die lekkere hamburger met friet eten, maar zes eetlepels quinoa. Dat is goed voor je cholesterolgehalte. Je moet niet de hele avond lekker languit op de bank naar een spannende serie kijken, maar in de regen gaan rennen. Dat is goed voor je hart en bloedvaten. En met een laag cholesterolgehalte en gezonde bloedvaten leef je langer. Dat wil zeggen: misschien, want garanties

21

kunnen we natuurlijk niet geven. Erfelijke belasting speelt ook een rol en misschien kom je morgen onder de tram. Religie zegt: je mag niet "godverdomme" roepen als je een scheut gloeiende koffie in je kruis krijgt. Je mag die buurman die echt grensoverschrijdend gedrag vertoont niet wurgen, je moet hem liefhebben. Die ongelooflijk sexy vrouw van de buurman mag je dan weer niet liefhebben. Als je op die manier maar heel braaf leeft, kom je later in de hemel. Dat wil zeggen: misschien, want garanties kunnen we natuurlijk niet geven. Misschien kom je in het vagevuur en het is mogelijk dat de hemel niet bestaat.'

Ze lachte. 'Zullen we verder lopen? Ik krijg het een beetje koud.'

Ze stonden op en liepen verder. Ze stak haar arm door de zijne. Een stukje verder kwamen ze bij wat de ingang van een steegje leek te zijn.

'Weet je hoe dit straatje heet?' vroeg ze.

Hij keek het donkere steegje in. 'Het is ongelooflijk, maar ik geloof niet dat ik hier ooit geweest ben. Een straatje dat uitkomt op de Markt en ik ken het niet!'

'Het is een doodlopende steeg, dus zo raar is dat niet. Ik ben er een keer in gelopen, het is verder niet spectaculair. Rommelig. Wat achterkanten van winkels en horecazaken. Aan de bellen te zien aardig wat binnenstadsappartementen. Weet je hoe het heet?'

'Nee.'

'Heilige Geest.'

Ze keek hem aan en dacht: *als ik niets doe, gebeurt er niks.* Ze nam zijn hoofd tussen haar handen, kuste hem op de mond en zei: 'Het is beter te genieten dan almaar te begeren.'

Hij schoot in de lach. 'Waar heb je *die* tegeltjeswijsheid vandaan?'

'Het boek Prediker. Hoofdstuk zes, vers negen.' Ze kuste hem opnieuw.

'Maar je bent mijn nicht, dit is...'

'Ik zal de paus om dispensatie vragen. En wat de wetenschap betreft: voortplanting zit er niet meer in, op mijn leeftijd.'

Sint-Pieter beneden

Mijn vrouw en dochter hadden het helemaal uitge-stippeld, het weekendje Maastricht.

'We logeren in hotel Derlon aan het Onze Lieve Vrouweplein,' verordonneerde mijn lieve vrouw. 'Het is een mooi hotel en het ligt lekker centraal. In de kelder is ook nog een of ander Romeins heiligdom, dat kun jij fijn bezichtigen,' voegde ze er met een schuine blik naar mij aan toe.

'Yes! En de Stokstraat ligt om de hoek. Gaan we eerst daar shoppen, en dan de brug over naar Wyck.' Dat was mijn dochter, ze bereidde zich altijd goed voor op uitstapjes.

'En wie moet dat allemaal betalen?' had ik nog ge-probeerd.

Mijn vrouw en dochter hadden me met iets van medelijden aangekeken. 'Paul, Paul,' had mijn vrouw gezegd. 'Je bent dan wel historicus, maar zelfs tot jou moet doorgedrongen zijn dat we inmiddels in de 21ste eeuw leven. Dat soort opmerkingen is echt niet meer van deze tijd.'

Ik kromp enigszins in elkaar, al was het maar om-dat de uitdrukking 'dat is echt niet meer van deze tijd' altijd een lichte razernij in mij wakker dreigt te maken

– iets wat mijn vrouw natuurlijk heel goed weet.

'Bovendien heb je tegenwoordig creditcards,' zei ze.

***

Aldus was uiteraard geschied en nu stonden we op het punt het fraaie hotel uit te lopen, op zoek naar bevrediging van onze zinnelijke verlangens in de mooie stad Maastricht. Ik had mijzelf de kerk Sint-Pieter beneden als doel gesteld, enerzijds omdat de naam me intrigeerde en anderzijds omdat de wandeling ernaartoe me interessant leek. Vanzelfsprekend hadden mijn vrouw en dochter andere plannen. We verlieten het hotel en sloegen rechtsaf, het Stokstraatkwartier in. Na vijf meter ongeveer bleven mijn dochter en vrouw gefascineerd voor een etalage staan; voor mij het sein om mijn wandeling alleen voort te zetten. Ik liep door en sloeg rechtsaf omlaag de Stokstraat in. Beneden stak ik over naar de Sint-Bernardusstraat, het soort authentiek straatje dat je in een stad als Maastricht mag verwachten: smal, een beetje donker en bestraat met kinderkopjes. Ik wist dat aan het einde ervan een uit de dertiende eeuw stammende stadspoort lag, de 'Helpoort'. Bovendien bevond zich in dit straatje een klein restaurant dat ik even wilde bekijken; dat soort aspecten van onze uitstapjes werden altijd grootmoedig aan mij overgelaten. Het restaurantje zag er niet verkeerd uit en ook de Helpoort voldeed aan de verwachtingen. Eenmaal onder de poort door klom ik via een trap naar een stuk stadsomwalling met de intrigerende naam 'Vijfkoppen'. Ik keek in mijn gidsje: *In 1638 werden vijf personen onder wie pater Vink terechtgesteld omdat zij verdacht werden van een poging Maastricht te verraden aan de Spanjaarden. Hun hoofden werden op pinnen gestoken op het nabijgelegen rondeel dat sindsdien deze naam draagt.* De stadswal eindigde een stukje verder en ik zette mijn wandeling voort richting de wijk Sint Pieter, waar het doel van mijn wandeling lag.

***

Onderweg las ik dat de kerk Sint-Pieter beneden officieel de Sint-Petruskerk heette en dat verderop nog een kerk lag, Sint-Pieter boven geheten. Iets voor een volgende keer, dacht ik. Ik bereikte mijn bestemming: een rustig pleintje met een eenvoudige kerk, opgetrokken uit mergel. Ik liet mijn blik even ronddwalen en liep naar de kerk toe. Die had drie deuren en ze waren alle drie stevig op slot. Nergens een bordje met openingstijden te zien. Het is niet betamelijk te vloeken in de buurt van een godshuis en dat deed ik dus ook niet, maar ik kon het niet laten ietwat nijdig op een van de deuren te bonzen. Terwijl ik overwoog wat ik zou gaan doen, hoorde ik tot mijn verbazing aan de binnenkant gemorrel en even later ging de deur op een kier open. In het halfduister stond een man met een grijze baard.

'Ja?' vroeg hij.

'Neem me niet kwalijk. Ik ben op bezoek in Maastricht en wilde graag de kerk bezichtigen.'

'Bezichtigen, hm.' Hij leek even na te denken. 'Goed, kom binnen.' Hij deed de deur verder open en leidde me via een tussenportaal de kerk in. Er viel verrassend veel daglicht naar binnen en de kerk maakte een aangename, serene indruk.

'Kijk maar rond,' zei de oude man. 'Ik ben daarachter in de hoek wat aan het rommelen.'

Ik liep door de kerk en genoot van het licht en de stilte. Bij een van de kleurige glas-in-loodramen verzonk ik in gepeins.

Onze hersenen halen trucjes met ons uit. Hier stond ik, een gelukkig getrouwde man in een kerk in Maastricht, kijkend naar een heilige voorstelling in glas in lood. En aan wie dacht ik? Aan Blondie. Of beter gezegd: aan Deborah Harry, zangeres van de newwaveband Blondie, die eind jaren zeventig van de vorige eeuw furore maakte. Debbie maakte zich bijna onsterfelijk door bij aankomst in Nederland voor de tv-camera's te zeggen: 'I'm holland to be in Happy.' Maar echt onsterfelijk werd ze in mijn ogen met de videoclip van het nummer 'Heart of Glass'. Als je als adolescent volledig ondersteboven bent van een jonge blonde vrouw met grijze ogen en rode lippen – dat zal niemand je kwalijk nemen. Maar als je jaren later, zelf grijs inmiddels en vader van een volwassen dochter opnieuw week wordt bij het zien van diezelfde jonge vrouw – daar kunnen vraagtekens bij geplaatst worden. En toch was dat een paar dagen daarvoor gebeurd toen ik na jaren opeens weer op YouTube die clip van Blondie zag. Sommige mensen hebben een bucketlist, ik heb een wens die in dit ondermaanse niet meer vervuld kan worden: de liefde bedrijven met Blondie zoals ze er toen uitzag, in die clip van 'Heart of Glass'. Het is gênant om dat toe te moeten geven, maar het is nu eenmaal zo. Als ik hopelijk pas over heel veel jaren voor de Hemelpoort sta en Petrus zegt tegen mij: 'Luister, je was een rakker, maar ik heb een goed woordje voor je gedaan, je mag erin. En omdat de Hemel nou eenmaal de Hemel is, zullen we ervoor zorgen dat je je hier niet gaat vervelen, de komende eeuwen. Wat tussen haakjes nog een heel karwei is, kan ik je verzekeren, voor iedereen passend entertainment verzorgen. Maar ik praat maar en praat maar en het werk wacht niet. Als je me nou om te beginnen eens vertelt hoe jouw ideale vrouw eruitziet.' Als Petrus me die vraag zou stellen, zou ik zonder aarzelen antwoorden: 'Blondie.'

'Mooi?' vroeg een stem.

'Ja, heel mooi,' zei ik.

'Het blijft natuurlijk maar glas.'

'Ja,' zei ik, in gedachten. Toen realiseerde ik me weer waar ik was en keek enigszins bevreemd naar de oude man die naast me stond. Zijn baard was echt heel lichtgrijs, viel me op.

'Bent u de koster?' vroeg ik.

'De koster? Haha!' Hij stak zijn hand uit en zei: 'Pierre.'

Zonder na te denken stak ik ook mijn hand uit. 'Paul.'

'Paul, haha!' Hij lachte blijkbaar graag, de oude man. 'Nou, Paul, laat ik het zo zeggen. Het is je ongetwijfeld bekend dat de katholieke kerk gebukt gaat onder een serieus priestertekort. Meestal redden we ons nog wel, maar het achterstallig onderhoud dreigde in deze kerk echt uit de hand te lopen. Dus toen dacht ik: ik val beneden maar even in.'

'Vanuit de kerk van Sint-Pieter boven, bedoelt u?'

'Ja, haha, van boven, inderdaad.' Hij keek me aan. 'Ik zal je geheim niet verklappen, hoor. Weet je wat, ik zal je wat laten zien. Kom mee.'

Ietwat verward liep ik achter hem aan. Hij ging naar de hoek waar hij had staan rommelen en stopte voor een houten deurtje. Daar draaide hij zich naar mij om. 'Eigenlijk mag dit niet, maar ach, regels zijn er om gebroken te worden. Kijk.'

Hij opende het deurtje, maar ik zag niets, alleen een zwart gat.

'Kom maar dichterbij.'

Ik stapte naar voren. Het zwarte gat verdween en in plaats daarvan verscheen een verblindend licht dat alles opslokte. In het licht verscheen een gestalte. Vaag eerst, maar langzaam werd ze duidelijker, totdat ik kon onderscheiden wie het was. Blondie. Ze streek met haar rechterhand door haar haar en keek me met haar grijze ogen aan.

'Hi.' Haar stem was zwoel en uitnodigend.

Waar ben ik, dacht ik. Hoe kan dit?

'Bij God is al mogelijk,' klonk een stem.

***

We zaten in de loungebar van hotel Derlon en dronken een welverdiend glas wijn. Mijn vrouw en dochter waren omringd door tassen met aankopen uit wat mij niet de goedkoopste zaken van Maastricht leken te zijn. Mijn dochter liet een jurkje zien dat ze net gekocht had.

'Hoe vind je het, pappa? Het is wel een beetje gewaagd, maar mamma zei dat het best kon.'

'Hoe was je kerk, schat?' vroeg mijn vrouw.

'Ach, je weet wel. Hoe kerken zijn.'

D'n Ingel vaan Mestreech

De koning had het nog niet zolang geleden officieel geopend, het nieuwe stadsdeel met de naam 'Groene loper'. Tot voor kort had op die plek een vierbaans autoweg gelegen, maar die hadden ze gerieflijk onder de grond gestopt. Om dat te vieren werd bij de opening van het stadsdeel ook een beeld onthuld, *d'n Ingel vaan Mestreech*, de engel van Maastricht.

Rudolf was in het donker op weg naar huis en bij de rotonde bleef hij even staan om naar het grote bronzen beeld te kijken. De engel was drie meter hoog, had hij in de krant gelezen, en de sokkel waarop zij stond was ook nog eens vier meter. Een imposant geheel.

Zijn moeder zei vroeger: 'Iedereen heeft een engelbewaarder.'

'Wat is een engelbewaarder?' had hij gevraagd.

'Een engelbewaarder is jouw eigen engel. Hij is altijd bij je, om jou te beschermen.'

'Ook als ik op de wc zit?'

'Ook als je op de wc zit.'

O, zalige geborgenheid van de kindertijd, dacht hij. Kon ik nog maar in engelen en engelbewaarders geloven. Dat het nieuwe beeld een engel voorstelde, was geen toeval. Het stadswapen van Maastricht wordt vastgehouden door een engel. Maar wat de meeste mensen niet wisten, wist hij als gemeenteambtenaar wel: oorspronkelijk werd het stadswapen niet vastgehouden door een engel, maar door een gewone dame. Pas in de negentiende eeuw kreeg de dame vleugels, waarschijnlijk onder invloed van het katholicisme. Hij had zich een beetje in het onderwerp verdiept. Hij wist nu dat engelen als boodschappers van god en beschermers van de mens niet alleen in het christendom voorkomen, maar ook in andere religies. Het jodendom kent tien verschillende soorten en de islam heeft engelen met twee, drie of vier vleugels.

Hij liep verder; even kreeg hij het gevoel dat de engel hem nakeek, maar dat was de vermoeidheid waarschijnlijk.

Zo laat over straat lopen terwijl hij morgenvroeg op tijd op zijn werk moest zijn – het was eigenlijk niets voor hem. Waarschijnlijk zou het verstandiger zijn geweest niet bij Trudy langs te gaan, maar hij had het als zijn plicht gezien. Een vriend in nood help je, punt. Hij glimlachte. Het had hem moeite gekost het genderneutrale taalgebruik onder de knie te krijgen, maar nu deed hij het zelfs al in gedachten: Trudy was een vriend. Wat niet wegnam dat hij het voor morgenavond geplande overleg met de buurtbewoners nog helemaal moest voorbereiden. Hij had er vanavond aan willen werken, maar dat was dus niet gelukt. De twee glazen wijn die hij zich verplicht had gevoeld met Trudy mee te drinken, voelde hij ook. Dat was nou net de reden waarom hij door de week liever geen alcohol

34

dronk. Hij zou er morgen geen last van hebben natuurlijk, maar het zou wel aanpoten worden om het overleg tot in de puntjes voor te bereiden. Hopelijk had Jeanine de slides al klaar, dat zou schelen. Hij kon het zich niet permitteren in dit dossier steken te laten vallen. Als communicatieadviseur ging hij er prat op in de haarvaten van de samenleving te zitten, en dat zou morgenavond meer dan ooit nodig zijn. Hij was er trots op dat zijn gemeente een van de voorlopers op het gebied van de energietransitie was, maar makkelijk zou het niet worden. Burgers waren bezorgd over de kosten: van de warmtepompen, van de extra isolatie en van de kookplaten die de vertrouwde gasfornuizen gingen vervangen. Ze begrepen bovendien niet dat de gemeente, dat hij, ook niet alle antwoorden had. Maar hij geloofde in wat hij deed, en dat gaf hem kracht.

***

Gabrielle verveelde zich een beetje. Engel zijn is leuk, maar het heeft ook nadelen. Het is zo braaf en heilig. Te veel heiligheid is niet goed, dacht ze, voor mensen niet en voor engelen niet. Als je op een sokkel stond, had je veel tijd om na te denken. Gelukkig had ze een rechtstreekse lijn met de hemel en de goed geoutilleerde bibliotheek van de Heilige Geest. DHG stond erop dat je het bibliotheek bleef noemen, maar natuurlijk was het complex voorzien van de modernste communicatietechnologieën waar je echt geen handen meer bij nodig had. Wat maar goed ook was, want ze had geen handen, alleen twee vleugels. Zonder de bibliotheek van DHG zou het echt niet te harden zijn, de hele dag hier op de rotonde staan. 's Nachts was een ander verhaal.

In de bibliotheek was ze toevalligerwijs tegen een leuk, niet al te dik boekje aangelopen. Ze hield van niet al te dikke boeken: lezen is prima, maar het moet wel leuk blijven. Het boekje was van een zekere Inayat Khan, 'de grondlegger van het soefisme in het Westen', stond op het omslag. Ze had even opgezocht wat dat dan wel was, het soefisme. Het bleek een mystieke stroming binnen de islam te zijn die niet altijd even populair was onder geloofsgenoten. Heilige strijders bliezen met graagte soefistische moskeeën op – naar goed gebruik met de mensen er nog in. In het boekje stond een spreuk die haar veel plezier had gedaan. Ze had het er zelfs met DHG over gehad. 'Kunnen wij daar niet iets mee, DHG? Ik snap dat je niet zomaar een elfde gebod kunt introduceren, maar toch. Als je erover nadenkt, is het ook helemaal geen gebod, dat is nou net het mooie. *Iets* moeten we er toch mee kunnen doen?' Ze wist hoe het zou gaan: zelfs in een onstoffelijke wereld moet iedereen zijn plasje over een voorstel doen en voordat je het weet ben je honderdduizend jaar verder en is de mensheid uitgestorven. *Beter een zwakke zondaar dan een heilige in vroomheid verhard*, luidde de spreuk. *Good for you*, Inayat, had ze gedacht toen ze het voor het eerst las.

Het was inmiddels donker geworden en ze keek omlaag. Het was rustig op de Groene Loper. Kijk, daar liep een mensje. Zou ze? Ze zou.

'*Holly came from Miami, F.L.A....*' Zachtjes neuriënd

begon ze in het donker van haar voetstuk te klimmen. Als je het eenmaal een paar keer gedaan had, kreeg je er handigheid in.

Ze kon zich de vorige keer dat ze er 's nachts afgeklommen was nog herinneren. Toen was ze dat blonde toneelspeelstertje tegengekomen en hadden ze in een of ander buurtcafé zitten drinken. Hoe heette het bier ook alweer dat ze daar op de tap hadden? Karmeliet! Een godendrank. Het toneelspeelstertje was flirterig genoeg geweest - totdat het er echt op aankwam. Toen Gabrielle voorzichtig haar kruis wilde masseren, had het toneelspeelstertje haar weggeduwd. Met allerlei verontschuldigingen, dat wel. 'Ik vind je heel aantrekkelijk, Gabrielle, echt. Ik hou ook van vrouwen, maar niet op die manier. En ik ben getrouwd, de mensen kennen me hier.' Het klonk wat verward, maar Gabrielle had het haar niet kwalijk genomen. Ze hadden al flink wat Karmeliet gedronken en dat waren ze dus maar blijven doen.

Ze was nu bijna van de sokkel af. Voet op dat randje, een sprongetje... en ze stond weer op Moeder Aarde. *Time for fun and games*, dacht ze.

***

'*Hey, babe.*' Rudolf keek op en zag de rijzige vrouwenfiguur die hem aangesproken had. Zijn zorgen over de energietransitie leken opeens ver weg. Hij wist van zichzelf dat hij geen adonis was, vrouwen negeerden hem meestal. De vrouw die hier in het nachtelijk duister 'hey, babe' tegen hem zei, was bovendien van een kaliber dat hij alleen in zijn dromen tegenkwam. Donkere indringende ogen, een volle mond. Blond haar dat soepel golvend op haar boezem viel. Ze pakte zijn hand en zei: 'Kom, loop een stukje met me mee.'

Hij aarzelde heel even en liep vervolgens met haar mee, niet goed wetend wat hij geacht werd te voelen. De rijzige vrouw daarentegen leek precies te weten wat ze deed en waar ze heen wilde. Ze liepen langs de tunnel richting spoorwegovergang en eenmaal over het spoor sloegen ze rechtsaf. Hij liet zich meevoeren en wierp haar af en toe zijdelings een blik toe. Ze leek het te negeren, maar haar glimlach verried dat ze wist dat hij naar haar keek.

'Het is niet ver,' zei ze.

Ze kwamen bij het station en zonder aarzelen liep ze, zijn hand nog steeds stevig vasthoudend, de trap af naar de grote ondergrondse fietsenstalling. Hij vroeg zich af of hij iets moest zeggen of denken of doen. De glazen deur van de stalling schoof open en ze nam hem mee naar het uiterste einde, buiten het zicht van de camera's en de ruimte waar de bewakers zaten. Ze draaide hem naar zich toe, keek in zijn ogen en duwde hem met zijn rug tegen de muur. De herinnering aan wat volgde, zou lang bij hem blijven. Toen het klaar was, fatsoeneerde ze haar vleugels, beet nog even licht in zijn oor en fluisterde: 'Je bent een engel.'

Onze Lieve Vrouwekerk

'Wat was Luc Houben voor iemand?'

Ik was niet, ik ben, dacht Luc Houben.

De vrouw die naast hem in de kerkbank zat, keek hem zijdelings aan. Zou ze weten hoe ik heet, vroeg hij zich af. Het gaf een apart gevoel de begrafenis bij te wonen van zijn peetoom en naamgenoot. 'Gedenken wij onze dierbare overledene, Luc Houben.' Dat klonk toch alsof het over hemzelf ging.

Mijnheer pastoor ging verder met zijn preek. Hij leek geïnspireerd, de kerk was afgeladen.

'Luc was iemand die nadacht over het leven.'

Sommige kanten van een mens ontdek je pas na zijn dood, dacht Luc.

'Ik herinner me een avond – we hadden net een vergadering van het kerkbestuur gehad – dat Luc mij vroeg: "Mijnheer pastoor, twijfelt u nooit?" Hij gaf me niet echt de tijd om te antwoorden, het was duidelijk dat hij iets kwijt wilde. "U bent een gestudeerd man," zei hij, "u kent ongetwijfeld de filosoof Epicurus. Die stelde een aantal vragen over het bestaan van een almachtige god. Kent u ze?" Ik kende de vragen van Epicurus, maar zei niets om Luc de gelegenheid te geven zijn verhaal te vertellen. "Epicurus vroeg zich het volgende af," ging Luc verder. "Wil de Almachtige het kwaad voorkomen maar kan hij dat niet? Dan is hij niet almachtig. Kan hij het wel, maar wil hij het niet? Dan is hij kwaadwillend. Kan hij het en wil hij het? Waarom is er dan kwaad?"'

De pastoor liet even een stilte vallen. 'Dat zijn geen eenvoudige vragen, ook niet voor een gelovige. Ons gesprek duurde tot diep in de nacht, ik zal al onze argumenten en tegenargumenten hier niet herhalen, maar over één ding waren wij het ten slotte eens: geloof is een genade. Want hoeveel rustiger is het leven als de dood niet het einde is? Als het leven niet eindigt in eindeloze duisternis, maar in eindeloos licht en eindeloze vreugde? En ik weet, beste familieleden en vrienden, dat Luc Houben deze genade uiteindelijk gevonden heeft.'

De mis liep ten einde en de kist met het lichaam werd de kerk uitgereden. Het koor zong:

In paradisum
deducant te angeli

Mogen de engelen je naar het paradijs begeleiden, dacht Luc Houben, terwijl hij net als alle andere gelovigen en ongelovigen achter de kist de kerk uit liep. Het gezang, de geur van wierook, de mensen die stapvoets achter de kist liepen – het had een bedwelmende invloed op hem.

'Mooie preek,' fluisterde een stem in zijn oor.

Hij keek op en zag de vrouw die naast hem in de kerkbank had gezeten. Het viel hem nu pas op hoe mooi haar haar was, het viel in blonde golven op haar rug.

Hij knikte.

'Denk je dat mijnheer pastoor een homo is?' fluisterde ze.

Zijn hoofd gebogen houdend glimlachte hij. De stem en de gebaartjes van mijnheer pastoor hadden bij hem dezelfde vraag opgeroepen.

'Wat vindt de paus ook alweer van homo's?' zei ze zachtjes.

Ze waren bijna bij de uitgang en daar ontstond een kleine opstopping. Voor de kerk werd de kist in de lijkwagen geladen en naaste familieleden stapten in volgauto's om naar het kerkhof te rijden.

'Ga je niet mee?'

Luc keek haar aan en vroeg zich af wie ze was. Zou hij haar moeten kennen? Een verre nicht misschien? Hij had zoveel neven en nichten, afstammelingen uit een tijd dat een gezin met tien kinderen niets abnormaals was. Maar ze was geen nicht en ook niet iemand die hij eigenlijk zou moeten kennen. Het lijkt wel of haar haar licht geeft, dacht hij.

'Nee, ik ga niet mee.'

'Heb je zin om wat te wandelen?'

Ze liepen door de binnenstad van Maastricht. Het was een koude zaterdag en al die winkelende mensen wisten niet dat zijn peetoom gestorven was. Hij voelde zich een beetje schuldig dat hij niet meegegaan was naar het kerkhof. De vrouw met het blonde haar stak haar arm door de zijne.

'Ik weet wel hoe de paus over homo's denkt,' zei

hij, haar eerdere vraag beantwoordend. Ze liepen de Hondstraat in en sloegen even later rechtsaf de Witmakersstraat in. 'De Heilige Vader zendt dubbele signalen uit, om het zomaar eens uit te drukken. De ene dag zegt hij tegen een homo: "God heeft je zo gemaakt en houdt van je." Ik herinner me dat nog, want mijn neefje was daar toen heel blij mee.'

'Je neefje?'

'Ja, Yves. Hij is homoseksueel.'

'En hij vindt het belangrijk wat de paus daarvan vindt?'

'Ja. Hij is een devoot katholiek.'

Een moment lang dacht hij te voelen dat er letterlijk warmte van haar lichaam naar het zijne stroomde. Met een gevoel van verwarring wierp hij een blik op haar, maar ze keek voor zich uit, nadenkend, leek het.

'En het wordt nog erger,' zei hij.

'Hoe bedoel je?'

'Van alle jongemannen waar hij verliefd op had kunnen worden, koos mijn neef een moslim.'

'Nou hou je me voor de gek.'

'Nee. Misschien is het je ontgaan, hier in Maastricht valt het niet zo hevig op, maar in Nederland wonen inmiddels behoorlijk wat moslims. En geloof het of niet, die kunnen ook homoseksueel zijn. In elk geval is mijn serieus katholieke neef Yves verliefd op een moslim. Een heel aardige jongen trouwens. Vrolijk. Houssni heet hij.'

'En wat vinden zijn ouders ervan?'

'Yves' ouders?'

'Ja, die ook. Maar ik bedoelde eigenlijk de ouders van de moslimjongen.'

'De moeder van Yves, mijn zus, heeft er geen problemen mee. "Als hij maar gelukkig is," zegt ze. Mijn schoonbroer doet zijn best ook zo ruimdenkend te zijn.'

'En de familie van de moslimjongen?'

'Ja, de familie van Houssni. Zijn moeder is wanhopig en zijn vader is boos. Hij zegt dat Houssni is als het volk van Lot.'

Luc had dit verhaal eerder verteld, en bij dit punt aangekomen vroegen zijn gesprekspartners meestal: 'Het volk van Lot?' 'Ja, Lot, die in Sodom woonde,' zei hij dan. Maar zijn metgezel met de blonde haren stelde die vraag niet.

'Yves woont nog thuis bij zijn ouders,' zei hij. 'Houssni woont nu zo ongeveer bij hen in.'

Ze liepen een tijdje zwijgend verder.

'Je zei dat de paus dubbele signalen uitzond,' zei ze.

'Wat? O ja. Toen het homohuwelijk werd ingevoerd in Argentinië, waar de paus vandaan komt, zei diezelfde Heilige Vader: "Dit is een destructieve aanval op het plan van God." Yves was er kapot van. Het liefste wat hij wil, zijn grote verlangen, is trouwen met Houssni. Samenwonen, als een gewoon stel.'

'Dat kan toch ook in Nederland?'

'Nee, dat kan niet. Houssni's familie zou hem waarschijnlijk vermoorden. Yves zelf kan het ook niet. Niet als de paus, Gods plaatsvervanger op aarde, het "een destructieve aanval op het plan van God" noemt. Die jongen zou alleen maar blij en verliefd moeten zijn. In plaats daarvan is hij doodongelukkig; hij zit volledig met zichzelf in de knoop. En mijnheer pastoor maar kwezelen over "de genade van het geloof".'

Ze waren inmiddels aanbeland in de Grote Looiersstraat.

'Dit vind ik een van de mooiste stukjes van de stad,' zei Luc. Ze liepen verder, via de Zwingelput, onder het Nieuwenhofpoortje door en over het houten bruggetje het park in.

'Links- of rechtsaf?' vroeg hij, toen ze aan het einde van het bruggetje gekomen waren.

'Linksaf. Ik wil graag jouw mening over iets horen,' zei ze. 'Een belangrijke kwestie.' Ze zweeg even, alsof ze het belang van wat er komen ging wilde benadrukken. 'Zijn engelen mannelijk of vrouwelijk?'

Hij gooide zijn hoofd achterover en lachte hard. 'Een interessante vraag. Ik ben niet bijbelvast, maar we kunnen het bekijken vanuit lgbtqi-gezichtspunt.' Dat 'lgbtqi' kwam er niet helemaal soepel uit.

'Lgbtqi?'

'Weet je niet wat dat betekent?'

'Wacht, laat me denken. Lesbian, gay, bisexual, transgender... Ik vrees dat ik niet weet waar de q en de i voor staan.'

'De q staat voor queer – of questioning. Queer is een politiek statement, zo van: er is meer dan alleen man of vrouw, er zijn allerlei tussenvormen. Het is ook een scheldwoord voor homo's. Questioning wordt gebruikt voor mensen die zoekende zijn.'

'Zoekende?'

'Ze zijn op zoek naar hun seksuele geaardheid.'

'Ah,' zei ze. 'En de i?'

'Die staat voor interseks. Dat zijn mensen waarvan medisch gezien niet helemaal duidelijk is of ze man of vrouw zijn: hun lichaam heeft zowel mannelijke als vrouwelijke kenmerken. Vraag me niet hoe dat er in de praktijk precies uitziet, ik ben nog nooit een inter-sekspersoon tegengekomen. Niet dat ik weet, tenminste.'

'Ik begrijp het,' zei ze. 'Maar nu weet ik nog steeds niet of engelen mannelijk of vrouwelijk zijn.'

'Eigenlijk doet dat er niet toe.'

'Het doet er niet toe?' Ze klonk een beetje onthutst.

'Nou ja, engelen bestaan niet.' Hij zag de blik die ze hem toewierp en voegde eraan toe: 'Ik bedoel, niet hier op aarde, niet als stoffelijke wezens. Je gelooft in engelen zoals je in god gelooft. Of niet, natuurlijk.'

Op een of andere manier waren ze weer teruggelopen naar de Onze Lieve Vrouwekerk, merkte Luc tot zijn verbazing. Zijn metgezel leidde hem naar de zijkant, naar een hoekje uit het zicht van voorbijgangers. Vreemd dat ik dit hoekje nog nooit eerder gezien heb, dacht hij. Ze bleef staan en keek hem aan. Hij kuste haar, voorzichtig, maar zij greep hem beet en kuste hem met een op honger lijkende intensiteit. Opwinding stroomde door zijn lichaam. Maar het was geen gewone hartstocht, het was iets anders, iets wat hij nog nooit zo gevoeld had, iets groters, iets alomvattenders leek het wel.

Ze maakte zich van hem los en opende een poortje in de kerkmuur. Binnen was een wenteltrap en zonder om te kijken snelde ze naar boven. Hij volgde maar kon haar nauwelijks bijhouden, het was alsof ze vloog. De trap eindigde in een ronde torenkamer. Ze draaide zich naar hem toe en begon haar winterjas los te knopen. Toen de laatste knoop los was, opende ze de jaspanden en gunde hem zo een blik op haar lichaam. Ze liet de jas op de grond glijden en langzaam, alsof ze hem niet wilde laten schrikken, klapte ze haar grote, goudkleurige vleugels uit. 'Engelen bestaan, Luc. Ze zijn l, g, b, t, q of i. Wat jij wilt.'

Achter een gesloten deur in de Graaf van Waldeckstraat

Hij zat aan de eettafel en keek door de tuindeur naar buiten. Het dienblad stond klaar.

De vrouw met wie hij meer dan vijftien jaar getrouwd was geweest had hem verlaten en nu was hij alleen. Alleen in het huis met de royale woonkeuken, de twee badkamers en het gastenverblijf in de tuin. Veel gasten ontving hij niet en eten deed hij meestal in z'n eentje. De leegte van het huis weerspiegelde de leegte die hij vanbinnen voelde. Zo was het geweest – tot een halfjaar geleden ongeveer.

***

Ze hadden elkaar voor het eerst ontmoet op een terras aan een Amsterdamse gracht. Het was een aangename dag: de zon scheen, boten voeren voorbij en iedereen leek opgewekt. Ze raakten aan de praat en lachten en dronken wijn en bleven nog uren samen die dag. Hij herinnerde zich hoe het satijn van haar jurk voelde toen hij zijn hand op haar heup legde. Niet lang daarna kwam ze voor het eerst naar Maastricht. Ze bleef slapen, maar dat was niet het begin. Dat kwam pas later.

***

Hij stond op, pakte het dienblad en liep de brede eikenhouten trap op naar de eerste verdieping. Ze zou later die middag komen en hij moest alles in gereedheid brengen. Net als de eerste keer dat hij dat had moeten doen bracht de gedachte aan wat ging gebeuren hem in een staat van grote opwinding. Met een onhandige beweging opende hij de deur van de kamer en zette de koeler met champagne, de volle waterfles en de vier glazen zorgvuldig op een tafel. De waterglazen keurig voor de waterfles, de champagneglazen keurig voor de koeler. Op de tafel bevonden zich ook andere voorwerpen die hij eerder die middag al had klaargelegd. Het geheel zag er ordelijk uit, maar hij wist nooit zeker of het goed zou zijn. Hij liep naar de ramen en sloot de gordijnen; de kamer werd niet donker, maar wel intiemer. Muziek aanzetten nog, een strijkkwartet. Hij kleedde zich uit en ging op een houten kruk zitten.

***

De eerste keer, het echte begin.

'Het is een spel.'

Ze tikte met een rietje tegen de binnenkant van zijn naakte dij. Hij zat vastgebonden op een stoel.

'Maar een spel is pas de moeite waard als je het goed speelt. Net als voetbal. Je houdt toch van voetbal? Knik als dat klopt.'

De tape over zijn mond voelde op een vreemde manier geruststellend. Hij knikte.

Ze boog zich voorover en fluisterde iets in zijn oor. Hij moest zich inspannen om te horen wat ze zei.

'Dit spel gaat over beloning en straf. De vraag is alleen: wat is beloning, wat is straf?'

Later had ze hem gebeld. 'Hoe voel je je?'

'Ik weet het niet zeker. Ontworteld?'

Ze had zachtjes gelachen. 'Wil je nog eens afspreken?'

Hij haalde diep adem. 'Ja.'

Ze lachte weer.

De tweede keer was in een hotelkamer. Ze hield van de anonimiteit van hotels en had het Crowne Plaza uitgezocht, 'Hotel Maastricht' in de volksmond. Het lag mooi aan de Maas, was comfortabel en op een burgerlijke manier degelijk. Dat contrast amuseerde haar.

Hij had de neiging zijn handen uit zelfbescherming voor zijn naakte kruis te houden, maar dat kon niet: zijn polsen en enkels waren vastgebonden aan de hoekspijlen van het bed. Voor zijn ogen zat een blinddoek.

Ze fluisterde in zijn oor: 'Nu ga ik leuke dingen doen.'

Het werd stil. Hij luisterde gespannen: kon hij haar ademhaling horen? De stilte leek absoluut. Opeens hoorde hij hakken op de plavuizen in het halletje. Hij schrok van de dichtslaande deur van de hotelkamer.

Hij lag en wachtte. Hij stelde zich voor wat ze met hem zou doen als ze terugkwam en zijn keel werd droog van opwinding. Het volgende moment voelde hij paniek: stel dat ze niet terugkomt? Onzin, het was een spel. Hoe goed kende hij haar eigenlijk? Hij probeerde kalm te blijven en rustig te ademen. De blinddoek liet geen licht door, de tijd verstreek.

Hij probeerde zijn armen te buigen, maar er was niet genoeg speling. Hij trok harder, maar wist dat alles stevig vastzat. Ze was heel precies te werk gegaan. Hij had zich moeten uitkleden. Ze had de blinddoek voorgebonden en gezegd dat hij op het bed moest gaan liggen, op zijn rug. Ze had zijn rechterarm gepakt en op de rustige toon van een bekwame tandarts die zijn patiënt precies uitlegt wat hij doet stap voor stap beschreven welke handelingen ze verrichtte. 'Ik gesp nu een leren boei om je pols. Het leer is soepel, dat voel je. Aan de boei zit een stalen ring, heel stevig, die laat niet los. Ik doe de ring in een dubbele musketonhaak. Even meegeven met je pols, goed zo. Het andere oog van de haak doe ik in de ketting die ik om de hoekspijl van het bed gewikkeld heb. Handig, zo'n klassiek spijlenbed. Iets meer naar boven met je arm... zo ja. Kijk, nu... ach wat zeg ik, je kunt niets zien. Ik doe een hangslot door de schakels van de ketting zodat ze niet meer los kan. Zo, dat zit vast. Nu je andere pols. En dan je enkels.'

Liggen in dezelfde houding begon pijn te doen. Hij voelde scheuten in zijn rug, kramp in zijn armen en benen. Hij probeerde een klein beetje te draaien, iets anders te gaan liggen, maar het lukte niet. Uren leken voorbij te gaan. Hij moest naar de wc. Opeens realiseer-

50

de hij zich dat ze hem eerder die dag drie glazen water had laten drinken; ze had dit van tevoren bedacht.

Hij schrok wakker. Zijn lichaam deed pijn, hij had geen idee hoe lang hij al op het bed lag. Zijn blaas stond op springen. De deur van de hotelkamer ging open. Even was het stil, toen hoorde hij haar voetstappen. Zijn ogen werden nat, hij wilde haar naam roepen, maar produceerde niet meer dan een schor geluid. Toen rook hij haar nabijheid en voelde hoe ze zijn naakte buik kuste.

***

Hotel Maastricht was maanden geleden. Nu zat hij thuis op een houten kruk en wachtte. Zijn billen waren beurs. Het strijkkwartet klonk nog steeds, zacht, maar zijn oren waren gespitst op iets anders. Op het knarsen van grind onder autobanden, op het geluid van een sleutel in de voordeur.

De bel ging. Hij schrok. Had hij iets besteld? Opnieuw de bel, dwingender nu. Na een korte aarzeling liep hij naar de badkamer om zijn badjas te pakken. Even later deed hij de voordeur open.

'Ah, zie je wel, ik wist dat je thuis was.'

Mirthe. *Fuck*, wat doet die nu hier, dacht hij. Wegsturen met een smoesje? Onmogelijk, niet Mirthe.

'Ik zag je auto staan en dacht: *no way* dat hij zonder zijn beest weg is. Stond je op het punt in bad te gaan? Om vier uur 's middags?'

'Eh...'

Ze stapte naar binnen en liep gewoontegetrouw door naar de keuken. 'Je reageerde niet op mijn appjes dus ik dacht: ik ga maar even langs. Heb je zin vanavond naar de film te gaan? En jazeker, koffie is lekker.'

Ze ging aan de keukenbar zitten en keek toe terwijl hij een kop koffie voor haar maakte.

'Ben je zenuwachtig, Alain?' Ze vroeg het een beetje verbaasd.

Hij zette de kop koffie voor haar neer en vermeed haar blik. Iemand stak een sleutel in de voordeur.

'Verwacht je bezoek?'

Voordat hij kon antwoorden sloeg de voordeur dicht en stond ze in de opening van de keukendeur. Rechtop, in een zwarte jas, met in haar linkerhand een koffertje. Ze keek naar Mirthe en richtte zich vervolgens tot Alain.

'Stel je me voor aan je vriendin?'

Hij stelde hen aan elkaar voor en probeerde de vragende blik van Mirthe te ontwijken. Die dronk haar koffie op en zei: 'Ik moet nog boodschappen doen. Ik bel je wel, Alain, die film loopt niet weg.'

Dat Mirthe nooit veel uitleg nodig had, was een van de redenen waarom hij haar zo graag mocht.

Toen Mirthe de deur achter zich dicht had getrokken, deed zij haar jas uit en vroeg: 'Staat alles klaar?'

Hij knikte.

'Ga naar boven.'

Hij liep de trap op en ging weer op de kruk zitten. Hij hoorde haar de trap opkomen en naar de badkamer gaan. Hij wachtte, en probeerde zich voor te stellen wat ze zou aantrekken. Zijn ademhaling versnelde en even later ging de deur open. Zonder hem aan te kijken liep ze naar de tafel en terwijl ze deed alsof ze de voorwerpen die daar lagen bestudeerde, zei ze: 'Wie was dat, in de keuken?'

'Mirthe.'

'Wie is Mirthe?'

'Een vriendin van vroeger.'

'Heb je haar geneukt?'

'Ooit, lang geleden. Eén keer.'

'Wat deed ze hier?'

'Ze wilde naar de film. Ze is... '

'Hou je mond. Als ik meer uitleg wil, vraag ik het wel.'

***

De volgende dag zat hij achter zijn bureau toen zijn telefoon ging. Mirthe. Zonder inleiding vroeg ze:

'Wat *was* dat, gisteren?'

'Dat was Andrea.'

'O. Hebben jullie een... relatie?'

Hij kende haar goed genoeg om de korte aarzeling op waarde te schatten.

'Ja, we hebben een relatie.'

'O. Je bent me wel nog een filmavond schuldig.'

'Ja, klopt. Vanavond?'

'Prima.'

***

Zoals meestal was het druk in het bargedeelte van Lumière Cinema.

'Die film was maar zozo,' zei Mirthe.

'Ja. Gelukkig is het hier altijd aangenaam.' Hij nam een slok van zijn bier en keek om zich heen. De sfeer in dit gebouw met zijn mengeling van industrieel verleden, arthousefilms en bourgondisch leven gaf hem elke keer weer een goed gevoel.

'Zeg, Alain...'

'Ja?'

'Ach, het gaat me eigenlijk ook niks aan.'

'Zeg maar. Wat wil je vragen?'

'Die Andrea lijkt me een speciale vrouw.'

Hij moest lachen. 'Ja, dat mag je wel zeggen.'

'Waarom moet je nou lachen? Is dat een rare opmerking?'

'Nee, nee, integendeel, het is een rake opmerking. Ja, Andrea is inderdaad een speciale vrouw.' Hij dacht even na. 'Ik ken haar nog niet zo lang. Om precies te zijn sinds...'

Een appje deed zijn telefoon zoemen. Andrea schreef: 'Kom nu hierheen.'

Hij stond meteen op. 'Ik moet weg.'

'Wat is er aan de hand? Iets met je moeder?'

'Nee, nee, niks ernstigs. Maar ik moet weg. Sorry.'

Hij pakte zijn jas en liep snel de trap af naar buiten, Mirthe verbijsterd achterlatend.

***

Hij lag naakt op zijn buik op bed, handen vastgebonden op de rug, twee kussens onder zijn heupen. Ze pakte een van de voorwerpen die klaarlagen op de tafel, een leren slip met gespen aan de zijkanten. Aan de

54

voorkant zat een uitsteeksel van kunststof, een soort plug. Ze stapte in de slip, trok de gespen stevig aan en pakte een tweede voorwerp van de tafel. Het was zwart en gemaakt van siliconen. Ze kneep er even in, hield het omhoog en zei: 'The Black Belle. Firm yet flexible.' Ze klikte de kunstpenis op de plug aan de voorkant van de slip en liep naar het bed.

***

Ongeveer een week nadat hij haar achtergelaten had bij Lumière, belde Alain Mirthe. 'Op de eerste plaats wil ik mijn excuses aanbieden. En ik wil uitleggen wat er aan de hand is. Heb je zin om zaterdag wat te gaan eten? Ik nodig je uit.'

***

'Wat vroeg je ook alweer? Of ik zin had om "wat te eten"?' Mirthe keek om zich heen. 'Ik geloof niet dat ik bij de doelgroep hoor.'

'Château Neercanne zit in het DNA van Maastricht,' zei Alain. Hij was geen vaste klant maar al vanaf zijn kindertijd kwam hij hier één keer in de zoveel jaren: bij het vijfentwintigjarig huwelijk van zijn ouders, de bruiloft van zijn zus, voor een etentje met een grote liefde.

'In het DNA van Maastricht?' zei Mirthe. 'Voor jou misschien. Maar goed, jij trakteert.'

Terwijl het ritueel van een diner in Neercanne zich ontvouwde, met amuses en sommeliers en alles wat erbij hoorde, hadden ze hun gesprek.

'Andrea,' zei Alain eindelijk. De ober had net het hoofdgerecht geserveerd en de daarbij passende uitleg gegeven.

'Ja, Andrea,' zei Mirthe. 'Vertel me om te beginnen één ding: was zij de reden dat je zo hals over kop wegrende bij Lumière? Nadat je dat appje had gekregen?'

'Ja.'

'Dat was niet zo'n geslaagde actie van je.'

'Dat weet ik, vandaar mijn excuses. En ik trakteer je op dit etentje. Als zoenoffer.' Hij glimlachte, maar zo gemakkelijk liet ze zich niet vermurwen.

'Waarom moest je ogenblikkelijk weg? Je zei dat er niks ernstigs aan de hand was, dus ik ga ervan uit dat ze niet plotseling ziek geworden was of zoiets.'

'Nee, ze was niet ziek.'

'Waarom rende je dan weg?'

'Omdat zij het wilde. Het was een bevel.'

Ze keek hem aan. 'Het was een bevel?'

'Ja.'

'En jij deed ogenblikkelijk wat je gezegd werd?'

'Ja.'

Het werd even stil. Toen zei ze: 'Help me even, ik ben niet helemaal zeker, is dit wat ik denk dat het is?'

'Ik weet natuurlijk niet wat jij denkt.'

'Zwart leer en zwepen? Dat soort dingen?'

Hij glimlachte zwakjes. 'Zoiets.'

Ze sneed een stukje van haar tournedos en zei, zonder op te kijken: 'Nou ja, waarom ook niet? Je zegt tenslotte altijd dat je een libertariër bent.'

'Dat klopt.'

'Ik dacht dat een libertariër staat voor de grootst

mogelijke persoonlijke vrijheid, zonder een ander schade te berokkenen of pijn te doen.'

'Het is een spel, Mirthe, geen werkelijkheid. Onderdeel van het spel is dat zij bevelen uitdeelt, en ik gehoorzaam. Dat ze me kan vastbinden, als ze dat wil. En slaan. Maar het is een spel.'

'Voor de duidelijkheid: het gaat daarbij om seks? Jullie vinden dat alle twee opwindend?'

'Ja. De essentie is dat geen van beiden iets doet wat-ie niet wil. En als het spel is afgelopen, is het afgelopen. Dan gaan we samen uit eten of maken we een citytrip naar Brussel. We gaan verder gewoon met elkaar om zoals alle koppels met elkaar omgaan. Ze staat heus niet de hele dag bevelen uit te delen, en ik doe echt niet de hele tijd wat zij wil.'

'Nee, dat zou me ook verbazen, jou kennende.'

De ober ruimde hun borden af en vroeg of ze de dessertkaart wilden zien.

'Ik vat samen,' zei Mirthe. 'Het is een spel. Jullie doen het omdat jullie het opwindend vinden. Niemand doet iets wat-ie niet wil. Prima. *Where's the harm*, zou je kunnen zeggen. Waarom krijg ik dan toch het gevoel dat je ergens mee zit? Kun je het verklaren, die behoefte?'

'Ik heb een hele bundel met wetenschappelijke artikelen, *Essential Papers on Masochism*. Veel wijzer word je er niet van. Misschien heeft het iets te maken met de machteloosheid die ik voelde toen Lotte na vijftien jaar opeens wegging. Misschien zoek ik veiligheid bij Andrea. Maar voor hetzelfde geld is dat gewoon gelul. Ik weet ook niet of het zo belangrijk is het te verklaren. Wat doet het ertoe? Zelfs onze grote vriend Freud zegt er voor zover ik weet niet veel zinnigs over. Hij begint met de mededeling dat masochisme raadselachtig is en eindigt met de conclusie dat het een verlangen naar de vroegste kindertijd representeert.'

'Wie had dat gedacht.'

'Precies. En zoals ik zei: wat doet het ertoe?'

'Maar dan herhaal ik mijn vraag: waarom krijg ik het gevoel dat je ergens mee zit? Of verbeeld ik me dat?'

Hij keek naar zijn telefoon die hij op tafel had gelegd. Hij had dat altijd een vreselijke gewoonte gevonden, maar de laatste tijd deed hij het voortdurend. Hij aarzelde.

'Alain, kijk me aan.'

'Ik...' Hij keek weer naar zijn telefoon.

'Alain?'

Hij staarde over haar schouder de eetzaal in. 'Ik had nooit gedacht ik zoiets zou zeggen, maar de laatste tijd krijg ik het gevoel dat ik te veel met seks bezig ben. Het krijgt iets pornografisch, begrijp je wat ik bedoel? Wat ik met Andrea heb is héél opwindend, de beste seks ooit. Maar als het klaar is, voel ik me steeds vaker onprettig. Onfris, zou ik bijna willen zeggen.'

'Heb je er met Andrea over gesproken?'

'Ja. Zij vindt het onzin.'

'Nou, als jij je zo voelt, is het geen onzin.'

Zijn telefoon zoemde. Hij keek met een schuin oog naar de korte boodschap op het scherm. 'Ben je klaar?' stond er.

Hij bewoog onrustig. 'Andrea zegt dat ik me niet moet aanstellen.'

Ze keek hem aan. 'Het is een spel, zei je. Als jij geen

zin hebt om te pingpongen, stop je ermee. Dat lijkt me simpel.'

'Dat vindt Andrea niet goed.'

De ober kwam vragen of ze al een dessert hadden uitgezocht, maar Mirthe wuifde hem weg.

'Wat zeg je *nou*, Alain? Ik dacht dat we een verstandig gesprek voerden. Over jullie... speciale relatie, over hoe jij je daarbij voelt. Je zei er zinnige dingen over. Dat het essentieel is dat niemand iets doet wat-ie niet wil. Dat jullie verder een normale relatie hebben. Dat jullie doen wat andere koppels ook doen, uit eten gaan en citytrips maken.'

Hij draaide op zijn stoel en probeerde haar niet aan te kijken.

'Alain,' zei ze. 'Wees eerlijk tegen me. Daar heb ik recht op.'

'Andrea zei dat ik dat tegen jou moest zeggen. Over Lotte, over Freud, over de citytrips. Ik heb het moeten oefenen, ze heeft me overhoord. Ze heeft ook gezegd dat ik jou moest bellen om me te verontschuldigen. En dat ik je voor dit etentje moest uitnodigen.'

Ze klemde haar handen om de rand van de tafel en keek secondenlang naar haar vriend, haar goede vriend, haar beste vriend, alsof hij een gedrocht uit een freakshow was. Toen boog ze zich met een kordate beweging voorover, legde een hand op de zijne en zei nadrukkelijk: 'Alain, dit klinkt niet goed. Je moet hieruit stappen, het is bizar.' Ze keek naar zijn gezicht, zijn ogen ontweken haar nog steeds. 'Ik moet even naar de wc. Blijf zitten, ik ben zo terug.'

Terwijl ze weg was, zoemde zijn telefoon weer.

'En?'

'Ze is op de wc. Ik heb alles verteld.'

'*Alles*?'

'Ja.'

'Sta op en ga weg. Wacht niet tot ze terug is.'

'Ik kan toch niet weglopen? De rekening?'

'Nu!'

Een moment lang aarzelden zijn duimen boven het toetsenbord. Ze bewogen, maar deden niets.

Bij mij in de straat

Ik was speciaal vroeg opgestaan, die donderdagmorgen. Om zeven uur. Voor sommige mensen is dat helemaal niet vroeg, ik heb vrienden die elke ochtend om zes uur opstaan. Maar voor mij is zoiets een ver-van-mijn-bedshow, om het zo maar eens uit te drukken.

Ik was vroeg opgestaan omdat ze aan de gasleiding kwamen werken. Iets met het aansluitpunt in de kelder. Ze zouden om halfacht beginnen en naar ik vurig hoopte op tijd weer afnokken want ik moest uiterlijk om elf uur naar de zangles. Ja, ik hoor het u denken: zangles? Midden op een doordeweekse dag? Ja, zangles. Zingen is geweldig, ik kan het aanbevelen. En inderdaad, midden op een doordeweekse dag. Dat is een van de voordelen van zelfstandig zijn, je deelt je tijd in zoals jij dat wil.

Het vroege opstaan was goed gelukt, ik werd om vijf uur wakker. Dat gebeurt me altijd, het is mijn interne neuroot die blijkbaar ook actief is als ik slaap. Voor werk of vakantie, als ik vroeg op moet word ik uren van tevoren wakker. Nu was ik na twee uur draaien en een korte douche rond kwart over zeven beneden.

Door het raam in de woonkamer zag ik de mannen van het gasbedrijf al druk graven, buiten op de stoep voor mijn huis. Ik deed de voordeur open, begroette de boys (voor gasfitters en sleuvengravers bestaat geen vrouwenquotum) en vroeg zoals het hoort of ze een kop koffie wilden. Ik begreep dat ze extra vroeg begonnen waren omdat ik bij het maken van de afspraak had gezegd dat ik uiterlijk om elf uur weg moest (ik had er niet bij verteld dat het voor zangles was). Dus waren ze die morgen al om kwart over zes begonnen. Bijzonder fideel van ze, maar bij dit soort dingen denk ik altijd: eerst zien, dan geloven. Ze waren nog niet klaar en het was nog geen elf uur. En er was nog iets wat me een beetje ongerust maakte. Een cv-ketel werkt op gas, tot zover reikt mijn technische kennis wel. Maar wat gebeurt er dan als ze aan de gasleiding gaan prutsen? Een van de twee gasmannen legde het me uit. 'Elke ketel beschikt over een automatische beveiliging waardoor hij afslaat als het gas wordt afgesloten. Mijn collega zorgt er wel voor dat alles weer werkt als we klaar zijn.' Dat hoopte ik dan maar, want het was behoorlijk fris – om niet te zeggen koud – buiten. Uit voorzorg had ik het elektrisch kacheltje al van zolder gehaald.

Ik had me geen zorgen hoeven maken. De schrijverij vlotte die ochtend niet zo en op een gegeven moment stond ik voor het raam op de eerste verdieping naar buiten te kijken. Handen in de broekzakken, kritische blikken werpend op de gasman die daar beneden op straat aan het graven was. De kuil in mijn stoep was inmiddels serieus diep, de man van het gasbedrijf kwam nog net met zijn hoofd boven de rand uit.

Zijn collega zette een keurig bordje op straat met een brandende lucifer in een rode verbodscirkel erop en daaronder de tekst: 'roken en open vuur verboden'. De tweede gasman keek even tevreden naar het bordje en ging weer naar binnen – om verder te werken in mijn kelder, veronderstelde ik. Tot zover was het een kalme dag in een aangenaam rustige wijk in Maastricht. Ook de oude, ietwat sjofel uitziende man die langzaam kwam aanfietsen maakte niet de indruk dat hij daarin verandering wilde brengen. Hij deed wel iets wat je tegenwoordig niet meer zo vaak ziet, hij rookte een sigaretje op de fiets. Zag hij het keurige bordje van de tweede gasman niet? Hoe dan ook, hij nam een laatste trek – in zijn geval letterlijk, ze vonden hem later terug in de voorkamer van de overburen – en schoot zijn peuk in de kuil van de gaswerker. Niet met opzet mag je veronderstellen, maar ongelukkig was het wel. Hoe het precies kon gebeuren moet onderzoek nog uitwijzen, maar op dat moment was het gas-luchtmengsel in de kuil blijkbaar ideaal: 9 procent. Een daverende explosie volgde en ik stond, met mijn handen nog steeds in m'n broekzakken, in een inderdaad frisse bries die ongehinderd door mijn schrijfkamer waaide. De voorgevel van mijn huis lag op straat en vulde daar onder meer de kuil waar de man van het gasbedrijf – toeval bestaat niet - net voor de explosie uitgeklauterd was. De brandweer moest hem desondanks onder het gevelpuin dat op de stoep lag vandaan halen. Hij leefde gelukkig nog, later hoorde ik dat zijn herstel wel een paar maanden geduurd had. Maar toen was hij naar men zei dan ook weer bijna helemaal de oude. Zijn collega was iets fortuinlijker: op het moment suprême was hij niet in mijn kelder aan het werk zoals ik verondersteld had, maar zat hij op mijn wc te drukken. Zelf kwam ik ook met de schrik vrij. En omdat ik als zelfstandig professional ook zonder overheidsbemoeienis prima verzekerd ben, zit mijn voorgevel inmiddels weer netjes op zijn plaats.

Eind goed, al goed zou je kunnen zeggen – behalve dan voor die oude sjofele fietser, die overleefde het niet. Wat jammer is natuurlijk, maar anderzijds bevestigt zijn geval wat elke longarts je kan vertellen: roken is buitengewoon ongezond.

Plein 1992

'Wat is dat toch voor liedje dat je de hele tijd loopt te neuriën?' vroeg Eva.

Hij gaf niet meteen antwoord en een moment lang liepen ze zwijgend verder over Het Bat.

'Waar die weg omlaag loopt, was vroeger een kanaal,' zei hij.

'Joh! Echt waar?'

'Je hoeft niet zo spottend te doen. Het is, ik weet het niet precies, iets van vijftig jaar geleden maar mijn vader kan er nog steeds kwaad over worden. Het dempen van het kanaal was nog niet het ergste, zegt hij altijd. Ze hebben toen ook het Stadspark verrinneweerd: dwars door het park hebben ze een stuk vierbaansweg aangelegd.'

'Verrinneweerd?' vroeg Eva, die zelf niet uit de regio kwam.

'Vernield. Hoe dan ook, dat kanaal liep hier, parallel aan de Maas. Misschien moeten ze het weer uitgraven, dat doen ze in andere steden ook.'

'Maar wat voor liedje was je nou aan het neuriën?' Ze was niet iemand die zich makkelijk van haar doel liet afbrengen.

'O, dat. Nou, daar zit wel een verhaal aan vast. Heb je tijd?'

'Voor jou altijd, schat,' zei ze met een glimlach.

'Dan stel ik voor dat we hier bij La Bonne Femme gaan zitten en iets drinken. Laten we zeggen...'

'Een spa rood.'

'Jij mag rustig spa drinken, ik pak wel wat lekkers.'

Het was een zonnige middag en het terras van La Bonne Femme zat behoorlijk vol. Eva bestelde een spa rood en Vincent besloot na rijp beraad een Weizen te nemen. Hij nam een flinke slok en keek vergenoegd om zich heen.

'Hè, aangenaam hier,' zei hij.

'Dat liedje,' zei Eva.

***

'Ja, dat liedje,' zei Vincent en nam nog een slok.

'Vincent!'

'Ja, ja,' zei hij lachend. 'Nou, om te beginnen: het heet Göttingen. Zegt je dat wat?'

'Göttingen? Nee.'

'Göttingen is een stadje in Duitsland. Het is een oud, middeleeuws stadje met een oude, eerbiedwaardige universiteit. De gebroeders Grimm waren er hoogleraar.'

'De gebroeders Grimm? Van de sprookjes?'

'Ja. Het liédje *Göttingen* is geschreven door Barbara.'

'Barbara?'

Vincent zuchtte. 'Dat zegt je natuurlijk ook niks.'

'Nee, 't spijt me.'

'Barbara was een Franse chansonnière. Ze is in 1997 gestorven, maar begin jaren zestig was ze een beroemdheid. De directeur van een theatertje in Göttingen wilde haar in 1964 engageren, maar ze wilde niet optreden in Duitsland. Ze was joods en had in de Tweede Wereldoorlog met haar familie ondergedoken gezeten.'

'En twintig jaar na de oorlog wilde ze nog steeds niet in Duitsland optreden?'

'Blijkbaar. Maar van de ene op de andere dag besloot ze het toch te doen. Haar optreden was een geweldig succes en haar contract werd meteen verlengd. Toen schreef ze daar in Göttingen dat nummer.'

'Waar gaat het over? Over dat stadje?'

'Ja en nee, dat is het mooie. Maar weet je wat? Een klein stukje verder ligt een voetgangersbrug. Ik stel voor dat we via die brug naar de overkant van de Maas gaan. Dan komen we op een plek die heel relevant is voor het liedje van Barbara.'

'Spannend! Ik zag je al kijken naar je lege glas, dus laten we maar opbreken.'

Ze rekenden af, staken over en liepen langs een strook groen in de richting van de brug.

'Hier ligt het stuk autoweg waar mijn vader nog steeds boos over is,' zei Vincent.

Eva liep even naar links om beter te kunnen kijken naar een absurdistisch aandoend stukje vierbaansweg van een paar honderd meter. 'Hier lag een park? Ik begin je vader te begrijpen.'

Ze kwamen bij de brug en begonnen de trap op te lopen. Dat ging niet heel soepel.

'Jezusmina, wat een kuttrap,' zei Eva, die als het op vloeken aankwam geen rekening hield met genderneutraliteit. 'Welk genie heeft die gemaakt?'

'Een Luikse architect. En voor het geval je plannen had: hij is inmiddels dood.'

'Ha, architecten, daar moet je mee uitkijken. Je draait je even om en voordat je het weet ben je voor de rest van je leven opgezadeld met een ramp. Ik bedoel, deze trap, dat is toch belachelijk!'

'Kijk nou eens even naar het uitzicht.'

Ze leunden op de brugreling en keken in noordelijke richting uit over de Maas.

'Kijk, daar ligt de Aw Brök.'

'Aw Brök?'

'Maastrichts voor Oude Brug. De officiële naam is de Sint-Servaasbrug, maar elke Maastrichtenaar zegt Aw Brök. Als je goed kijkt, zie je daarachter nog een brug liggen, de Nui Brök.'

'Laat me raden: de Nieuwe Brug?'

'Yes. Officiële naam: Wilhelminabrug.'

'Goed met namen zijn jullie hier. En hoe heet de brug waarop we nu staan?'

'De Hoeg Brök. De Hoge Brug.'

'Ik had het kunnen weten. Maar we hadden het over Barbara en Göttingen.'

'Ja, klopt.' Hij dacht een moment na. 'Op de eerste plaats: het is een mooi lied. Poëtisch, zoals Fransen dat kunnen. Ik ben het aan het oefenen voor de zangles, daardoor zit het in mijn hoofd. Maar er zit ook een levensles in.'

'Ik ben dol op levenslessen! Vertel!'

'Je weet dat ik me wel eens erger aan het gebral over Europa, over de Europese Unie.'

'Wel eens?'

'Nou ja. Maar goed, ik erger me dus aan al die opportunisten die denken dat we Europa maar moeten afschaffen. Die denken dat iedereen beter af is als we alles weer op eigen houtje gaan doen, zoals we het in de vorige eeuw deden toen we op eigen houtje twee wereldoorlogen ontketenden. Duitsland dat Frankrijk en Engeland de oorlog verklaart, miljoenen doden in Europa, zie jij dat nu gebeuren? Maar in de vorige eeuw is het twee keer gebeurd. Dat je je nu zoiets niet meer kunt voorstellen, is niet vanzelf zo gegroeid. En dat we tot de meest welvarende en vrije landen ter wereld horen, landen waar iedereen naartoe wil, is ook geen *act of god*. Dat hebben we voor een groot deel te danken aan de Europese Unie.'

'I'm on your side, dear.'

'Terug naar Barbara. Eigenlijk wilde ze dus niet in Duitsland optreden, maar ze deed het toch. En in de tuin van dat theatertje schreef ze dus *Göttingen*. Gerhard Schröder, de latere bondskanselier van Duitsland, studeerde in de jaren zestig in Göttingen. Veertig jaar later, toen hij bondskanselier was, zei hij bij de officiële herdenking van het Duits-Franse vriendschapsverdrag: "*Göttingen* klonk overal in de stad. Wat Barbara zong, was voor mij het begin van een prachtige vriendschap tussen Duitsers en Fransen." Je hoeft geen bewonderaar van Schröder te zijn, maar hier had hij een punt. Het is een mooi lied met een simpele boodschap: *les enfants ce sont les mêmes, à Paris ou à Göttingen*. Kinderen zijn hetzelfde, in Parijs en in Göttingen. Dat zong een jodin uit Parijs niet lang na de Tweede Wereldoorlog. Je moet het natuurlijk helemaal horen, maar dat is de kern.'

'Heb je er wel eens aan gedacht de politiek in te gaan?'

'Nee, dank je. Maar ik ben wel van plan *Göttingen* tot onofficieel volkslied van de Europese Unie uit te laten roepen, als een soort meezinger die ook echt door het volk meegezongen kan worden. Nou ja, in elk geval door de Walen en de Fransen en door mij. Bijvoorbeeld als de Europese Unie tegen de Verenigde Staten voetbalt. Ik moet nog even uitzoeken welke Europese instantie ik daarvoor moet benaderen, maar het komt eraan.'

'Ik hou van je als je je zo druk maakt,' zei Eva.

Nadat hij quasi-wanhopig zijn ogen opgeslagen had, zei Vincent: 'We moeten nog een stukje doorlopen, dan laat ik je zien waarom we deze brug over moesten.'

Ze liepen verder en bleven aan het andere eind van de brug bovenaan de trap staan.

'Kijk,' zei Vincent, 'dit is Plein 1992. Vernoemd naar het Verdrag van Maastricht dat in 1992 werd gesloten. Daar werd de basis gelegd voor de Europese Unie zoals we hem nu kennen, met de euro en alles wat erbij hoort. Ik stel voor dat we dat op een passende manier gedenken. Beneden ligt Café Zuid. Een aangename zaak, met een prettig terras. En lekkere Weizen.'

Mestreechter Geis

Gerard was het type dat nadacht over de diepe vragen des levens. Waarom leef ik, wat is het doel van mijn bestaan? Bestaat god? Is hij almachtig en zo ja, waarom is er dan zoveel kwaad? Ben ik als mens een bacterie in een onverschillig heelal? En ook: waarom ben ik geen echte Maastrichtenaar? Die laatste vraag raakte een pijnlijk punt. Hij was geboren en getogen in Rotterdam – ook geen verkeerde stad natuurlijk. Na zijn studie medicijnen aan de Universiteit Maastricht was hij verliefd geworden op een lokale schone en in de stad blijven hangen. Beter gezegd: hij had er zich gevestigd als huisarts en een bloeiende praktijk opgebouwd. De Maastrichtse schone bleek bij nader inzien een beetje een bitch en zijn huwelijk was helaas het tegendeel van een succes geworden. Zo gaan die dingen soms. Maar dat hij geen echte Maastrichtenaar was, zat hem dwars.

Dat hij, als geboren Rotterdammer, geen *authentieke* Maastrichtenaar kon zijn – dat realiseerde hij zich ten volle en daarmee had hij zich verzoend. Een authentieke Maastrichtenaar! Als hij het goed begrepen had was een basisvereiste – naast allerlei andere voorwaarden waaraan het moeilijk zo niet onmogelijk was te voldoen – dat je binnen de oude omwalling van de stad geboren moest zijn. Dat was voor hem natuurlijk niet weggelegd. Maar een echte Maastrichtenaar zijn, *eine vaan us*, dat moest toch kunnen?

Qua uiterlijk verschilde hij niet van de doorsnee Maastrichtenaar. Hij was bijvoorbeeld geen opvallend lange, blonde Hollander. Integendeel, hij was nogal klein van gestalte. Je zou kunnen zeggen: zolang hij zijn mond hield, zat hij gebakken. Maar *du moment* dat hij zijn mond opendeed, waren de rapen gaar. Dus had hij zich op de taal geworpen, dat essentiële integratiemiddel. De cursus Mestreechs was weliswaar heel boeiend geweest, maar hielp hem niet van zijn Rotterdamse tongval af. Hij hoefde maar een halve zin uit te spreken in wat hij dacht dat Maastrichts was of echte Maastrichtenaren riepen: '*Estebleef Sjeraar, sjei d'r mèt oet jong, want de liers 't toch neet.*' Of woorden van gelijke strekking. Maar Rotterdammers kunnen stijfkoppig zijn en één kleine tegenslag ging zijn ambitie om een echte Maastrichtenaar te worden niet frustreren. Hij stortte zich op de cultuur en las over de *Mestreechter Geis*, de Maastrichtse Geesteshouding. Hij ontdekte dat er zelfs een beeldje bestond dat de Mestreechter Geis moest voorstellen. Op een zondagmiddag wandelde hij naar het pleintje bij de Kleine Stokstraat om het eens goed te bekijken. Het was blijkbaar gemaakt door een inmiddels overleden Haarlemse beeldhouwer en de website van de beroemde Maastrichtse carnavalsvereniging de Tempeleers omschreef het als 'speels, charmant en zwierig'. Over de doden niets dan goeds, dacht hij toen hij het kunstwerk van dichtbij bestudeerde. Op dezelfde website las hij verder dat het katholicisme – streng in de leer, mild voor de biechteling – een vormende rol had gespeeld in de Maastrichtse aard. Ook de gedachte dat een Maastrichtenaar in zijn optreden niet rechtstreeks is, bijvoorbeeld als hij vindt dat iemand ongelijk heeft, kwam voorbij. 'Liever laat hij op een subtiele manier blijken dat hij anders denkt dan jij,' las hij. Dit was bekend terrein: het was wat zijn Rotterdamse vrienden bedoelden als ze het over 'die achterbakse Limburgers' hadden. Zijn Maastrichtse vrienden op hun beurt noemden Hollanders bot; het bracht hem allemaal niet echt verder.

Ook andere pogingen om *eine vaan us* te worden strandden in goede bedoelingen. Zo bleek het bijvoorbeeld helemaal niet de bedoeling dat je je met carnaval – *vasteloavend*, zeiden de authentieke Maastrichtenaren – volledig blind zoop en op die andere Maastrichtse cultuurmanifestatie, het *Preuvenemint*, had hij binnen de kortste keren ruzie gekregen met een dikke bankier. Wat niet op de website had gestaan maar wat elke Limburger van buiten Maastricht hem vertelde, was dat de gemiddelde Maastrichtenaar beschikt over een behoorlijke dosis eigendunk. Alles wat van buiten de gemeentegrenzen komt, is een boer. Dat sprak hem aan, hier dacht hij iets te hebben waar hij wat mee kon. Helaas bleek ook zijn auditieve beheersing van het Maastrichts niet perfect: toen hij een keer in een winkel een platpratende figuur die probeerde voor te dringen uitschold voor 'stomme boer', bleek het de broer van André Rieu te zijn.

Behalve zijn verwoede pogingen om een echte Maastrichtenaar te worden, speelde er nog iets anders in Gerards leven. Sinds zijn Maastrichtse schone hem verlaten had, was hij eenzaam. Als hij thuiskwam na een drukke dag in de praktijk was zijn huis koud en leeg. Hij was een aimabel mens, hij had vrienden, maar die hadden hun gezin en hun eigen leven. Dus zat hij 's avonds vaak alleen te eten. Hij besloot er iets aan te doen en dat besluit bleek achteraf een keerpunt in zijn queeste naar het Maastrichtenaarschap: hij ging online daten.

***

Ze was nepblond en had een vet Haags accent. Bovendien was ze dronken. Gerard had een paar weken geleden met haar kennisgemaakt en nu was ze voor het eerst in Maastricht. Ze bevonden zich in een gelegenheid die zich 'de uitgaansplek voor samenkomend Maastricht' noemde, vlak bij het Onze Lieve Vrouweplein.

'Wat een kutvolk hieâh,' zei ze, duidelijk hoorbaar. 'Patjepeeërs.'

'Als het je niet bevalt, kun je altijd opsodemieteren,' zei iemand. Gerards dame draaide zich om naar de spreker. Ze zag een keurig gekapt hoofd, een lichtgele pullover die over de schouders was geknoopt en een hand die een glas champagne zoals het hoort bij de steel vasthield.

'O, me god, 'n ijsschijter,' zei ze.

'Zègk meidske,' zei de spreker, 'es 't dich hei neet

bevèlt, geiste meh gaw trök nao Holland of boe'ste vaandan kumps. Dien soort hove veer hei neet. Ordinair del,' voegde hij er voor de zekerheid aan toe.

'Maakt die tyfuslijer me complimenten, Gerard, of mot ik 'm tegen z'n ballen trappen?' vroeg Gerards dame.

Gerard had misschien een pilsje te veel op en zei met een voor hem onkarakteristieke directheid tegen de lichtgele pullover: 'Luister, eikel. Ik raad je aan mijn vriendin niet uit te schelden voor "ordinair del".'

'Kijk eens aan, de dame heeft een koene ridder. En wie ben jij dan wel, menneke?' De lichtgele pullover die een kop groter was dan Gerard aaide hem over het hoofd en keek daarbij lachend naar zijn eveneens champagne drinkende vrienden, die zich inmiddels rond het tafereeltje hadden geschaard. Gerard was erg gevoelig als het om z'n lengte ging. Onder invloed van de alcohol en misschien ook wel gevoed door zijn niet-aflatende maar vergeefse pogingen om voor *eine vaan us* te worden aangezien, aarzelde hij niet en gaf de lichtgele pullover een korte felle vuiststoot in de maag. De man klapte dubbel en goot zijn champagne in het decolleté van een dame uit het toekijkende gezelschap.

'Wacht eens even,' zei een van de vrienden van de gele pullover en gaf Gerard een harde duw zodat die bijna zijn evenwicht verloor.

'Hou je d'r bùitûh, pik,' zei Gerards dame en dreef met venijnig geweld haar stilettohak in de voet van de duwende vriend. Die begon te loeien als een eland en danste vervolgens op één been door de zaak, hier en daar glazen uit goedverzorgde handen stotend.

'Kom, we gaan,' zei Gerard.

***

Dat was het einde van Gerards ambitie om een echte Maastrichtenaar te worden. Even dacht hij: misschien kan ik Hagenees worden? Of homo? Haagse homo? Maar toen besloot hij dat hij gewoon Gerard wilde zijn, huisarts, geboren in Rotterdam en al vele jaren wonend in de aangename stad Maastricht. Gescheiden, en op zoek naar een leuke vrouw.

Glacisweg

Omdat ik dacht dat zij van mij hield en ik van haar, liet ik mijn vriendin iets lezen dat ik op een onbewaakt ogenblik geschreven had. Een verhaaltje over een groentewinkel bij mij in de buurt, aan de Glacisweg. Iedereen die nu denkt: *een verhaal over een groente-winkel? Fascinerend! Dit wordt echte literatuur*, moet ik even waarschuwen. Het is maar een kort stukje. Bovendien gaat het eigenlijk niet over een groentewinkel, maar over de jonge vrouw die in die groentewinkel achter de toonbank staat. Dit is wat ik aan mijn vriendin liet lezen.

***

Het is een beetje gênant, ik geef het toe. Het leidt tot niets. Het is verder ook niet belangrijk, dus waarom zou je er aandacht aan schenken? Er zijn genoeg belangrij-ke dingen in de wereld om aandacht aan te besteden. De president van Rusland is een gevaarlijke manipula-tor en dief, de partijleider van China een dictator met grootheidswaan en de president van de Verenigde Sta-ten een narcistische puber. Dát zijn belangrijke dingen. Het probleem is: wat doe ik eraan? Welke invloed kan ik uitoefenen, welke mogelijkheden heb ik? Een ingezonden brief naar de krant sturen? Lid worden van een politieke partij?

Dus vind ik het gerechtvaardigd te schrijven over Natasja. Natasja is niet haar echte naam. Die noem ik niet, dat zou niet kies zijn, zij heeft hier niet om gevraagd. Ik noem haar Natasja naar de beroemdste vrouwenfiguur uit de wereldliteratuur: Natasja uit Oorlog en Vrede van Tolstoj. Wie van lezen houdt, kan ik het boek aanraden. Ruim vijftienhonderd bladzijden lang word je ondergedompeld in het liefdesleven van Natasja en de oorlog tussen Napoleon en Rusland. Maar ik dwaal af.

Ik zette het plastic flesje met vers sinaasappelsap neer op de toonbank. Er was verder niemand in de winkel -- heel ongebruikelijk voor een zaterdagochtend. Gelukkig was Natasja er wel.

'Is dat alles?' vroeg ze.

'Ja,' zei ik.

'Weet je zeker dat je niet nog iets nodig hebt?' Ze lachte vrolijk. Die lach was, naast de voortreffelijke groente, het uitstekende fruit en haar roodkrullend haar voor mij een belangrijke reden om bijna dagelijks naar deze groentewinkel te gaan. Dat 'bijna dagelijks' vraagt enige toelichting, ik zou niet willen dat een verkeerde indruk ontstaat. Ik heb kantoor aan huis en om te voorkomen dat ik de hele dag binnen zit, laat ik mezelf af en toe uit. Dan fiets ik bijvoorbeeld even naar de groentewinkel. Waar ik, als ik geluk heb, geholpen word door Natasja. Ze is veel jonger dan ik. Ze is getrouwd. Ze lacht niet

alleen naar mij, voor zover ik weet is ze vriendelijk voor
alle klanten. Ook voor de oudjes met hun muntjes en
rollators die het geduld van heiligen op de proef stellen.
Ze is leuk, ze heeft roodkrullend haar en ze lacht naar
mij. Is dat niet belangrijk?'

***

Mijn vriendin keek op van de tekst. 'Wil je een eerlijke mening?'

O jee, dacht ik.

'Het eerste woord dat bij me opkwam, was *kneuterig*. Provinciaals. Ik heb het niet over je schrijfkunst, voor zover ik het kan beoordelen heb je een soepele pen. Ik heb het over de inhoud.'

Nou, dat valt dan mee, dacht ik.

Ik vroeg: 'Wat bedoel je precies?'

'Hoe zou de wereld eruitzien als iedereen dacht zoals jij? Als iedereen zou denken: gut, de problemen zijn te groot, ik kan er toch niks aan doen, ik blijf gewoon lekker thuis, dommelen bij de kachel met de kat op schoot, dromend over rode krulletjes. Misschien kun je ook een leuk stukje schrijven over het gebak van patisserie Lemmens.'

Pastisserie Lemmens ligt ook aan de Glacisweg en hun gebak is zelfs voor Maastrichtse begrippen bijzonder lekker – neem het aan van iemand die weet waarover hij praat.

'En misschien moet ik het niet zeggen, maar ik doe het toch. "Ze heeft roodkrullend haar en ze lacht naar mij." Heb je echt niks beters om over te schrijven? Iets dat urgenter is, misschien? Dingen die er echt toe doen? Is de hele #MeToo-discussie bijvoorbeeld aan je voorbijgegaan?'

Mijn gedachten dwaalden enigszins af. Hoewel ik bijna mijn hele leven in deze stad heb gewoond en een niet onbelangrijk deel daarvan in de buurt van de Glacisweg, had ik tot voor kort geen idee wat het woord *glacis* eigenlijk betekent. Het wordt trouwens uitgesproken als *glaa-sie* en niet als *glas-is* zoals de omroepstem in de stadsbus denkt. In de vestingbouw is een glacis een flauw hellend vlak tegen de buitenkant van een vestingmuur. Waarschijnlijk heet de Glacisweg zo omdat hij vlak bij een oud fort ligt, het fort Sint Pieter.

Soms denk je in gedachten uren weg te zijn geweest en dan blijken het seconden te zijn. Mijn vriendin was nog vol op stoom.

'De vernederingen die vrouwen moeten ondergaan, dat interesseert je niet? Het ongewenst gegrijp en machtsmisbruik in werksituaties? De aanrandingen en regelrechte verkrachtingen? Ooit gehoord van *toxic masculinity*? En dan heb ik het nog maar even niet over het glazen plafond dat jullie zo handig in stand weten te houden.'

Mijn vriendin is mijn vriendin. Ze is een activist. Geen activiste, *mind you*, een activist. Zij denkt over veel dingen heel anders dan ik en dat weten we. Maar op een of andere manier raakte ze nu een zenuw bij me. Misschien kwam het door dat 'jullie', misschien had het te maken met het feit dat ze zo denigrerend over mijn stukje had gedaan.

'Wat *mij* stoort is dat ik jou een stupide term als "toxic masculinity" hoor gebruiken. Wat het verder ook moge betekenen, snap je niet dat zoiets elk redelijk gesprek doodslaat? Het is als met fascisme: noem iemand een fascist en de discussie is voorbij.'

'Nou draaf je toch wel door. Ik geloof niet...'

'Ik, doordraven? Het is langzamerhand zover gekomen dat ik bij het zien van de woorden *de vrouw* snel verder blader. Het doet er niet toe wat het onderwerp is – politiek, literatuur, sport – overal wordt *de vrouw* er met de haren bijgesleept. En als ik nog één keer het woord *powervrouw* hoor, ga ik iemand wurgen.'

'We hebben een grote achterstand in te halen.'

'Gebruik toch niet de hele tijd dat "we". Zijn jullie soms uit op werelddominantie? Mensen zijn *individuen*. Sommigen mannen zijn klootzakken en – funny surprise! – sommige vrouwen zijn bitches.'

Ik geloof in veel dingen niet. Ik geloof niet in homeopathie en niet in god. Maar ik geloof wel dat in een relatie kantelmomenten optreden, momenten die een relatie maken of breken. En ik geloof dat we kunnen beïnvloeden welke van de twee het wordt. Na mijn laatste woorden keek ik mijn vriendin woedend aan, alsof ze de verpersoonlijking was van alles waar ik een hekel aan had. Zij op haar beurt leek haar uiterste best te moeten doen mij geen mep te verkopen. Maar terwijl we elkaar aankeken, verdampte de woede.

'Ik stel voor,' zei mijn vriendin, 'dat we deze belangrijke onderwerpen de aandacht geven die ze verdienen. Wat vind je hiervan: we lopen naar patisserie

Lemmens, zoeken een lekker stuk vla uit en praten daar rustig verder. Wat denk je?'

Mijn vriendin heeft geen roodkrullend haar, haar naam is niet Natasja maar zei ik al dat ik gek op haar ben?

Kesselskade

Hij lag in bed, lakens nat van het zweet. Zijn ogen waren dicht. Hoe heette dat nummer toch?

De in 1784 in Maastricht geboren Mathieu Kessels was tijdens zijn leven een bekende beeldhouwer. Hij werkte in Sint-Petersburg en Parijs en vestigde definitief zijn naam toen hij in 1819 in Rome een prijsvraag won, uitgeschreven door de beroemde Antonio Canova. Uit heel Europa stroomden de opdrachten binnen en koning Willem I was zo tevreden over een beeld dat Kessels voor hem maakte, dat hij hem tot ridder in de Orde van de Belgische Leeuw sloeg. Vanaf dat moment noemde Kessels zich Cavaliere Kessels.

De woorden klonken in zijn hoofd alsof ze door een kind werden opgedreund. Hij glimlachte. Zijn presentatie in vijf gym! Waarom vonden zijn hersens het nodig die nu, op dit moment, naar boven te halen?

Het opdreunen in zijn hoofd ging verder. *De Napoleontische oorlogen – die ook in Italië gewoed hadden – waren voorbij en de buitenlandse toeristen kwamen weer naar Rome. Behalve adellijke personen die Rome*

aandeden in het kader van hun Grand Tour bezochten
steeds meer rijke burgers de stad. Vooral het aantal En-
gelsen was groot. Al die reizigers zorgden voor een sterke
opleving van de kunstmarkt en dat werkte weer als een
magneet op buitenlandse kunstenaars. De onderlinge
concurrentie was echter groot, Rome telde in die jaren
alleen al drieënzestig beeldhouwers. Onder wie acht
Engelsen, zeven Duitsers, twee Denen – en Mathieu
Kessels uit Maastricht. Kessels werd een van de belang-
rijkste Nederlandse vertegenwoordigers van de neoclas-
sicistische beeldhouwkunst.

'Senza un perché!' Zo heette dat nummer. '*Tutta la*
vita, gira infinita, senza un perché.' Het leven draait on-
eindig rond, zonder reden.

Son talent n'était pas au niveau de son rêve. Zijn dromen waren groter dan zijn talent. Dat werd na zijn
dood over Kessels gezegd. Geldt dat ook voor mij?
Dan is dit het moment om daarover na te denken. Hij
glimlachte weer.

Als gymnasiast had hij ze mooi gevonden. De beelden
van Canova, dat beeldje van Kessels. Maar kunstken-
ners waren niet enthousiast. *Het neoclassicisme mist*
authenticiteit en emotie.

Het beeldje van Kessels. *Genius van de dood dooft de*
vlam. Hij was gaan kijken, in Brussel. In de Konink-
lijke Musea voor Schone Kunsten. Het feit dat hij naar
Brussel was gegaan, had hem een hoger punt opgele-
verd. 'Genius van de dood dooft *een fakkel*', stond in

hun catalogus. Hij had betoogd dat 'Genius van de dood dooft *de vlam*' de goede titel was.

Daar begon het opdreunen weer. *Het woord 'genius' roept vragen op. Van Dale heeft het over een 'kwade genius', geen onbekend begrip. Maar naast kwade genius vermeldt het woordenboek ook 'goede genius', schutsengel. Wie het beeldje van Kessels bekijkt, ziet geen kwade genius. Een goede genius van de dood? De dood als verlossing?*

Hij voelde dat het zweet van zijn hoofd geveegd werd. Wie deed dat? En hoe zat het ook alweer met die tabaksdoos? O ja, behalve Willem I had ook de gemeente Maastricht haar beroemde zoon geëerd. Met een gouden tabaksdoos. Dat klonk een beetje schrieperig. Toch had Kessels uit dank voor die tabaksdoos aangeboden een beeld te maken voor op het Vrijthof, een beeld van Sint Servaas, de beschermheilige van de stad Maastricht. Het plan ging niet door: de protestantse burgemeester Hendrik Nierstrasz weigerde geld beschikbaar te stellen voor het marmer. *Sindsdien zijn we in Maastricht minder geporteerd voor protestantse burgemeesters.* De leraar had geglimlacht toen hij dat zinnetje in de klas voorlas.

Even voelde hij paniek opkomen. Het felle licht dat mensen zien, daar is een wetenschappelijke verklaring voor. '*E tutto viene dal niente e niente rimane.*' En alles komt uit het niets en niets blijft over.

Iets, iemand naderde hem. Waren zijn ogen nog dicht? Hij zag vage contouren. Een figuur, bijna naakt, met lieflijke krullen. Was het een meisje of een jongen? Een brandende fakkel in de hand. Glimlachend doofde de gestalte de vlam op de grond.

Bij Harry's

Ze was niet nerveus. Waarom zou ze? Drie jaar geleden was ze gevlucht, maar in die drie jaar had ze een nieuw leven opgebouwd. Met een flatje, een baan en zelfs een paar vrienden. En, niet te vergeten, omringd door de mooiste natuur van de wereld. Als ze vrienden van vroeger uit Maastricht vertelde waar ze nu woonde, was de eerste reactie altijd: 'Wauw, woon je in Amerika? Cool! Waar? Wat doe je?' Dan vertelde ze dat ze in Casper, Wyoming woonde. Dat Wyoming ongeveer even groot is als Groot-Brittannië, maar dat er in de hele staat nog geen 600.000 mensen wonen. Dat het plaatsje Casper ongeveer 59.000 inwoners heeft. 'Kleiner dan Sittard-Geleen,' voegde ze er dan ten behoeve van haar Maastrichtse gehoor aan toe. Als ze ook nog vertelde dat ze als assistent-bibliothecaris in de openbare bibliotheek van Casper werkte, werd haar coolfactor al een stuk minder. Ze vond het wel goed zo, ze was immers een vluchteling.

Gevlucht uit een werkelijkheid waarin de vrouw van wie ze hield, de vrouw met wie ze vijf jaar van haar leven had gedeeld en ook de rest van haar leven had willen delen, het nodig had gevonden haar te bedriegen. Ze schaamde zich als ze eraan terugdacht. Vrienden zeiden tegen haar: 'Anna! *Jij* bent niet degene die zich moet schamen!' Daar was ze het mee eens, maar toch. Het beeld dat ze voor haar geestesoog zag met een helderheid alsof het niet drie jaar geleden maar gisteren was gebeurd, vervulde haar met schaamte. Ze zag het bed en de lakens, het bed dat ze samen gekocht hadden, als een symbolische daad. Ze was onverwacht eerder thuisgekomen en tussen de witte lakens lag Lisa, samen met een meisje van nog geen twintig. Ze schaamde zich als ze aan dat tafereel terugdacht, ze schaamde zich voor de vernedering, voor de banaliteit.

Ze had haar verstand gebruikt, want zo was ze, een rationeel persoon. 'Shit happens,' had ze tegen zichzelf gezegd. 'Ik ben niet de eerste die bedrogen wordt. Het is natuurlijk heel vervelend dat mij dit overkomt, maar het is niet het einde van de wereld. Dit gaat me niet kapotmaken. Hoe gaat dat Italiaans gezegde ook alweer? *Lascia le donne, e studia la matematica.* Laat de vrouwen toch schieten en ga wiskunde studeren. Ik ga iets doen met mijn leven, ik ga het een andere draai geven.' Vervolgens had ze een besluit genomen. Wat ze nodig had, was afstand. Dat betekende: nieuw werk, want Lisa dagelijks tegenkomen in de gangen van de hogeschool, dat was geen optie. Ook buiten haar werk wilde ze een andere omgeving, een omgeving waar niet alles haar deed denken aan wat haar overkomen was. Amerika, daar zou ze naartoe gaan. Niet naar de grote stad, ze wilde verdwijnen in de natuur. Ze zag uitgestrekte prairies voor zich, met bergen aan de horizon.

Het was Casper, Wyoming geworden. Door stom toeval had ze daar dat baantje gevonden in de bibliotheek – en uiteindelijk ook de rust die ze zocht.

En nu was ze voor het eerst in drie jaar weer in Nederland. Ze logeerde bij haar vader en het plan was vier weken te blijven. Het plan was níét geweest met Lisa af te spreken. Maar op een of andere manier had die ontdekt dat ze in Maastricht was en opgebeld. Haar vader had de telefoon aangenomen: 'Anna, voor jou.'

Ze had niet willen afspreken. Niet omdat ze rancuneus was, niet omdat ze bang was het niet aan te kunnen. Ze was een volwassen vrouw, geen puber. Ze had het allemaal achter zich gelaten en dat was het punt: het verleden moest het verleden blijven. Haar woede was allang verdwenen, net als de bijna fysieke pijn die ze in het begin gevoeld had, alsof een orgaan uit haar lichaam was gerukt. Wat had het voor zin daarover te praten? Moesten ze het over schuld en boete hebben? Maar Lisa had aangedrongen. 'Ik snap wat je zegt, Annie dear, maar als dat zo is, waarom kunnen we dan niet gewoon als oude vrienden ergens gaan lunchen?'

Ze was veel te vroeg geweest en had nog wat rondgelopen in Wyck. Het deed haar plezier dat de ietwat excentrieke drogisterij J. Jaspers en Zoon in de Wycker Brugstraat nog bestond. Het Cörversplein was drukker geworden met al die terrasjes. Ze liep langs de Maas, over de Stenenwal, waar ze met Lisa nog naar een veel te duur appartement gekeken had. Ze liep langs het oude hotel Maastricht en Café Zuid naar het

Bonnefantenmuseum en van daaruit richting station. De grote ondergrondse fietsenstalling bij het station was nieuw. Via de Stationsstraat was ze naar het restaurant gelopen waar ze nu al een halfuur zat te wachten. Eigenlijk had ze hier niet willen lunchen, ze kon dit niet betalen. Maar Lisa had dat onzin gevonden. 'Ach kom, Harry's is aangenaam. Je wil toch niet in een of andere gribustent afspreken? Ik trakteer wel.' En nu zat ze hier en was Lisa te laat. Maar ach, de zon scheen en het levendige terras met zijn beschaafde luxe was inderdaad een aangename plek. Niet helemaal hetzelfde als J's Pub and Grill in Casper, bedacht ze glimlachend.

'Dag, Anna. Je ziet er goed uit.'
Ze schrok op en keek in het gezicht van de vrouw die tot drie jaar geleden haar bewustzijn vrijwel volledig in beslag had genomen. Op dat moment, het moment dat ze Lisa's gezicht weer zag, leek de rustige rationaliteit waarmee ze naar deze ontmoeting had uitgekeken, leek alles wat haar de voorbije tijd had beziggehouden, leek haar leven van de afgelopen drie jaar volledig verdwenen. Uitgewist. Ze was niet nerveus. Ze voelde geen woede en ook de glimlachende distantie die ze zichzelf had aangeleerd als ze aan Lisa dacht, was weg. Ze stond wat onhandig op om de vrouw die eens haar grote liefde was geweest op de wang te kussen, maar ze had kunnen weten dat zoiets tot mislukken gedoemd was. Lisa legde één hand op haar bil, de andere in haar nek en duwde, ten overstaan van het volle terras en alle mensen die voorbijliepen en het wilden zien, haar tong in haar mond en

begon haar wellustig te zoenen. Na een paar kleine, te-genstribbelende bewegingen gaf Anna, zoals altijd als Lisa in het spel was, zich over. Toen ze eindelijk hun monden van elkaar haalden keek Lisa haar aan en zei, licht nahijgend: 'My Annie. Tall and pale.'

Later die middag, toen de in een surrealistische ne-vel verlopen lunch voorbij was en ze de trap van Lisa's vlakbij gelegen appartement op waren gerend om met rabiate intensiteit elkaars lichaam te verslinden, later, toen Lisa met haar hoofd op haar schouder sliep, huil-de Anna.

Waldeckpark

Ze wist pas sinds gisteren hoe hij heette. Wat zei dat over haar? Ze zat hier al weken en kende nu pas zijn naam. Ze vergaf het zichzelf. Dat kon ze goed, zichzelf dingen vergeven. Het was een eigenschap die het leven aangenamer maakte. Soms twijfelde ze of ze niet strenger voor zichzelf moest zijn, maar dan dacht ze: twijfel is goed, dat staat zelfs in de bijbel. Ach, de bijbel. Misschien werkte het op sommige plaatsen en bij sommige mensen anders, maar haar katholieke jeugd had zich niet gekenmerkt door een overdosis bijbel. Terwijl haar moeder toch een devote vrouw was geweest.

Ha, daar was haar 'vijf na halfnegen'. Elke morgen fietste hij op hetzelfde tijdstip voorbij, via een weggetje waar je strikt genomen niet mocht fietsen. Ze nam het hem niet kwalijk. Toen ze hier voor het eerst zat, had hij een beetje verstoord naar haar gekeken. Alsof hij dacht: wat doet dat mens daar? De tweede dag had ze even naar hem gezwaaid en sindsdien was hij omgedraaid als een blad aan een boom. Hij wuifde nu elke ochtend naar haar, en zij wuifde terug. Ze voelde een band met hem, een band die hechter scheen dan dit

93

korte moment van contact leek te rechtvaardigen. Zou ze verliefd kunnen worden op haar vijf na halfnegen?

Ze glimlachte. Opeens zag ze overeenkomsten tussen een bijbelpassage en de laatste wetenschappelijke inzichten. Hoe was het ook alweer? 'Kijk naar de vogelen des hemels, zij zaaien niet en maaien niet en verzamelen niet in schuren.' En toch komen ze niks tekort, was het idee. Waarom dat gezonde advies niet beter door de gelovigen werd opgevolgd, had ze nooit helemaal begrepen. O, van katholieken begreep ze het wel, voor hen was de bijbel zoiets als een rood stoplicht voor Italianen: een suggestie. Maar die serieuze christenen, waarom luisterden die niet beter naar de Here? Die werkten zich gemiddeld genomen uit de naad: geen bewonderenswaardiger ethos dan arbeidsethos. Ora et labora, is dat het leven? Ze vond het moeilijk te geloven. En nu leerde ook de wetenschap dat een mens meer moet lummelen. Want zelfs als hij niet werkt, is de moderne mens voortdurend bezig zijn brein te prikkelen. Dat is ongezond, dieren doen dat beter. 'Vooral mannelijke leeuwen voeren geen flikker uit,' had ze gelezen. 'Die liggen 22 van de 24 uur te ronken.' Mensen daarentegen hebben steeds vaker last van burn-outs, zelfs studenten. Mijn god, dacht ze, een burn-out als je twintig bent. En waarom?

Het antwoord kwam eraan, met flukse pas, een aktetas in de linkerhand en kijkend op zijn telefoon in zijn rechterhand. Haar 'tien voor negen'. De eerste keer had hij haar niet gezien, de tweede ochtend had hij een zijdelingse blik op haar geworpen. De derde ochtend had ze ook naar hem gezwaaid, maar hij had het genegeerd. Dat leek zijn *policy*: haar negeren. Hij had haast, hij was op weg naar zijn werk, hij had belangrijke meetings voor de boeg en geen zin om tijd te verspillen aan een non-valeur als zij. Iets dergelijks straalde hij uit en de derde week was haar vermoeden bevestigd. Hij had zich niet meer kunnen beheersen, was op haar toegelopen en had gezegd: 'U vindt het wel goed zo, mevrouw? Andere mensen houden de samenleving wel draaiend? Anderen zorgen wel voor voedsel en vooruitgang?' Voordat ze iets terug had kunnen zeggen, was hij doorgelopen. Sindsdien was tien voor negen een moment van spanning voor haar, daar kon ze slecht tegen. Maar hij had gelijk, natuurlijk. Als iedereen deed wat zij deed, dat zou niet goed zijn. Maar gold dat niet voor elk mens? Zeven miljard Nelson Mandela's, zou dat niet ook een beetje te veel van het goede zijn?

Toch liet haar tien voor negen haar niet los. Een mens moet werken voor de kost, tenminste: sinds de zondeval. Maar dan bleef de vraag of werken een middel of een doel is. En als het een middel is, wat is dan het doel? Misschien verdiende ze een schop onder haar kont. Een kind in Afrika ging 's morgens hongerig naar een armoedig schooltje en als het koorts kreeg waren er geen medicijnen. En zij stelde dit soort vragen? *First World problems.* Dat mocht zo zijn, maar het gaf geen antwoord op haar vraag. Bovendien: was lijden niet afhankelijk van context? Veroorzaakte een scheurtje in het donsbed van een rijkaard niet ook lijden? Maar diep denken was niet haar sterkste punt, ze was meer een intuïtief persoon.

Waar had die intuïtie haar gebracht? Hier, op deze plek. Ze dacht aan de dingen die ze *niet* gedaan had. Ze had het gymnasium niet afgemaakt. Was dat intuïtie geweest? Of luiheid? Ze had geen psychologie gestudeerd en was geen briljante wetenschapper geworden. Het werk dat ze deed was meestal interessant zonder bovenmatig inspannend te zijn. Daar had ze niet bewust voor gekozen, dat was gewoon zo gelopen. Maatschappelijk gezien stelde het allemaal niet zoveel voor wat ze deed. Moest ze daarover treuren?

Ze had ook dingen wel gedaan. Ze was getrouwd en had een zoon gekregen. Toen zijn vader onverwacht en veel te vroeg overleed, had ze haar best gedaan haar vijftienjarige zoon een goed thuis te bieden, een thuis dat niet alleen veilig was maar hem ook de kans gaf zich te ontplooien. Ze had ook goed voor zichzelf gezorgd, dat kon ze. Ze was gezond, leefde in comfortabele omstandigheden en kwam niets tekort.

En toch zat ze hier, in het Waldeckpark. Ze keek omhoog naar de takken die als een beschermende mantel om haar heen hingen, tot op de grond. Fagus sylvatica pendula, zo heette deze boom. De groene treurbeuk. Ze voelde zich veilig onder deze boom die hier al honderd jaar stond. Maar ze kon niet blijven zitten, net zomin als een mens kan terugkeren naar de baarmoeder uit angst voor de dood. Zij was nog lang geen honderd, ze had een leven te leiden. Het was tijd om hier weg te gaan, tijd om onder de bescherming van deze takken uit te stappen. Ze sprong op, klopte haar kleren schoon en liep het park uit. Over hetzelfde weggetje waar haar vijf na halfnegen elke ochtend fietste terwijl dat eigenlijk niet mocht.

Ursulinenweg

We liepen hand in hand. Ik kende haar net en ik zeg het maar meteen: we waren nog niet met elkaar naar bed geweest.

Maar ach, seks is niet alles. Tot voor kort dacht ik daar anders over. Het cliché dat een man elke zeven seconden, elke veertig minuten of elke zeventig minuten – daarover verschillen de geleerden van mening – één keer aan seks denkt, was hoe dan ook op mij van toepassing. Totdat ik twee jaar geleden een vrouw ontmoette die ik mijn Minister voor Seksuele Fantasieën zal noemen. Zij bleek zonder veel omhaal bereid mijn niet altijd even alledaagse geheime wensen te vervullen en wat meer was, er zelf duidelijk plezier aan te beleven. Hemel op aarde, zou je denken. Maar te veel seks krijgt iets pornografisch. Als overtuigd liberaal ben ik een groot voorstander van het vrije ondernemerschap en pornografie voorziet wereldwijd duidelijk in een behoefte. Dus *hey man, what's the problem?* Maar toen ontdekte ik dus dat seks niet alles is en nam met enige moeite afscheid van mijn Minister.

En nu liep ik met een andere vrouw, een vrouw die ik alleen nog maar heel decent gekust had, hand in hand door de straten van mijn geboortestad. Zij kwam uit Rotterdam en was voor het eerst in Maastricht. We hadden bedacht dat ik haar – heel romantisch – langs plekken zou voeren die een rol hadden gespeeld in mijn leven. Een voor de hand liggend vertrekpunt zou de Gustaaf Coenegrachtstraat geweest zijn, vernoemd naar een burgemeester. Maar die straat is van zichzelf niet buitengewoon boeiend en ligt bovendien nogal decentraal, dus hadden we gekozen voor een ander vertrekpunt – mijn geboortehuis. Adres: Kleine Staat 18, twee minuten lopen van Het Vrijthof. En, niet onbelangrijk: gelegen binnen de oude omwalling. Zonder te willen vervallen in geschiedenisles vermeld ik dat Maastricht, ontstaan in de tijd van de Romeinen, in het begin van de dertiende eeuw zijn eerste stadsomwalling kreeg. Later kwam daar nog een tweede wal bij, maar als je wieg binnen die eerste, oude omwalling heeft gestaan kun je in Maastricht niet meer kapot.

'Jij bent dus een authentieke Maastrichtenaar,' zei mijn Rotterdamse, kijkend naar het pand dat eens mijn geboortehuis was geweest en waar nu sneakers werden verkocht. 'Je vader had hier vroeger zijn zaak? Hij was banketbakker?'

'Patissier. Hij dreef hier een patisserie-lunchroom met tweehonderd zitplaatsen. Die had hij, niet zonder strubbelingen, overgenomen van zijn ouders. Het verhaal gaat dat mijn grootouders, toen ze zagen hoe goed de zaak onder mijn vader begon te lopen, op eerder gemaakte afspraken wilden terugkomen. De rechter moest eraan te pas komen.'

Ik keek naar het huis waar ik de eerste negen jaren van mijn leven had doorgebracht.

'In het begin woonden we boven de zaak, mijn vader en moeder, mijn vier broers, vijf zussen en ik. Op de eerste verdieping boven de zaak lagen de kinderkamer en de keuken van de lunchroom naast elkaar. Alles liep door elkaar, kinderen, koks, banketbakkers en serveersters. Toen ik negen was, verhuisden we naar het Villapark.'

We liepen verder, de Kleine Staat uit, door een van die andere drukke winkelstraten in het centrum, de Wolfstraat.

'Vroeger heette deze straat Rue du Loup. Er was een tijd dat de Maastrichtse chic naast het Maastrichtse dialect vooral Frans sprak. De middenstand paste zich natuurlijk aan. Mijn moeder kwam ook uit een middenstandsmilieu en ging naar een Franstalige kostschool. Mijn oma sprak niet alleen Frans, maar zelfs het Waalse dialect.'

Zij was iets langer dan ik, de Rotterdamse. Niet veel, maar toch.

'Ben je op zoek naar een avontuurtje?' vroeg ze.

De directheid van de vraag overviel me, maar beviel me tegelijkertijd. Ik dacht aan de periode met mijn Minister voor Seksuele Fantasieën en zei, met enige nadruk: 'Nee, ik ben niet op zoek naar een avontuurtje.'

'Je bent op zoek naar die ene die bij jou past. Naar je soulmate.'

De zon scheen, het was warm. We liepen langs de overvolle terrassen van het Onze Lieve Vrouweplein. Ik overdacht even of wat ik nu wilde gaan zeggen goed zou vallen bij een mogelijk nieuwe geliefde. Ik zei: 'Het spijt me die droom te moeten verstoren, maar soulmates? Dat is allemaal flauwekul, in de wereld gezet door de Romantiek. Die heeft een waandenkbeeld gecreëerd dat door Hollywood over de aardbol is verspreid. De enige echte, de ware, eeuwige liefde – dat is een illusie. Bij Salzburg had je tot niet zo heel lang geleden zoutmijnen. Als je een kale tak in zo'n mijn gooide, vormden zich daar na een tijd kristallen op. Ze namen allerlei prachtige vormen aan, schitterend om te zien. Die kristallen zijn de voortreffelijke eigenschappen die een verliefde persoon aan zijn geliefde toeschrijft. Maar als die kristallen zijn opgelost, sta je met een tak in je handen.'

We liepen de Sint Bernardusstraat in en kwamen bij de Helpoort.

'Dit is het laatste overblijfsel van de oude omwalling,' zei ik.

We liepen onder de poort door en keken naar het jaartal 1229 dat aan de andere kant boven de poortboog stond.

'Jij gelooft dus niet in soulmates,' zei ze. 'Maar je zou toch kunnen denken: het is een mooi sprookje, het kan geen kwaad.'

'Nou, het kan wél kwaad. Dat van de werkelijkheid losgezongen gezwijmel waar we zo graag bij wegdromen, kan schade aanrichten. Ben je getrouwd, loopt het even niet zo lekker, denk je: dit was dus toch geen *true love*. Mijn échte soulmate loopt nog ergens rond. Gevolg: scheiden, huis in de verkoop, kinderen ongelukkig. En bij de volgende ware liefde begint het circus van voor af aan. Maar – en ik verzin dit niet zelf, het zijn de woorden van een filosoof: onvolmaaktheid is een essentieel onderdeel van echte liefde. Liefde bewijst zich niet alleen in tijden van schoonheid en geluk, maar juist ook in tijden van tegenslag. Als alles niet zo gladjes verloopt, als je vrouw opeens dik is geworden. Als je na vijftien jaar huwelijk op een morgen wakker wordt en denkt: wie is die vreemde vent in mijn bed? Versmelting van zielen? *Come on. Grow up.'*

Tegen de muur van de oude stadsomwalling lag een solitair terras. We besloten dat we genoeg gelopen hadden en gingen zitten onder een grote parasol.

***

Een jaar na die eerste wandeling kenden we elkaar in alle opzichten beter, maar samen door Maastricht slenteren was er niet meer van gekomen. Op een of andere manier hadden we in dat eerste jaar van onze al dan niet eeuwige liefde vaak andere dingen te doen. Maar nu zouden we de wandeling die we een jaar daarvoor hadden afgebroken voortzetten vanaf de plek waar we gebleven waren. Ik besloot dat ze het huis van André Rieu wilde zien en dus liepen we vanaf de Helpoort via het eendjespark naar de wijk Sint Pieter.

Wat ik naast allerlei andere voortreffelijke eigenschappen die ze had speciaal leuk aan haar vond, was haar onverbiddelijke directheid. Ze zei dingen tegen me die, als een ander ze zou zeggen, tot een nieuwe Balkanoorlog zouden leiden. Maar van haar kon ik het verdragen. We belandden op de Recollectenweg en waren niet ver meer van het huis van André. Ze vond het een geschikt moment om mijn persoonlijkheid nader te analyseren.

'Je bent arrogant,' zei ze.

'Dank je.'

'Misschien komt het doordat je niet zo groot bent: kleine mannetjes hebben vaak het gevoel dat ze zich moeten bewijzen.'

'Zou kunnen.'

'Je staat snel klaar met je oordeel over anderen, maar je kunt er niet tegen als iemand iets onaardigs over jou zegt.'

'Dat klopt.'

'Je hebt een grote mond, maar je kunt niet tegen conflicten. Daar lig je nachtenlang wakker van.'

'Klopt.'

'Je bent overgevoelig, bang om belachelijk gemaakt te worden. Neem nou dat verhaal dat je laatst vertelde, over die neef die jou beledigde toen je zeventien was. Wat zei hij ook alweer tegen je?'

'Dat doet er niet toe.'

'En nu, weet ik hoeveel jaar later, heb je nog steeds een hekel aan hem. Dat is ongelooflijk. Hij is waarschijnlijk allang vergeten dat hij ooit zoiets tegen je gezegd heeft.'

'Ja, dat zal wel.'

'Toch ben je gemiddeld genomen erg tevreden met jezelf. Je vindt dat je er goed uitziet, intelligent bent en een goed gevoel voor humor hebt. Je denkt dat je een bovengemiddelde algemene ontwikkeling hebt en vindt veel mensen dom – ook mensen die het maatschappelijk gezien veel verder geschopt hebben dan jij.'

'Klopt allemaal.'

'Je bent vrij lui. Je kunt wel hard werken, maar liefst niet te vaak. Je bent ambitieus, maar hebt niet bijster veel doorzettingsvermogen.'

'Tja.'

'Je komt uit een middenstandsfamilie. Met redelijk wat geld weliswaar, maar toch een gewone middenstandsfamilie. Maar jij laat je voorstaan op je achtergrond, je vindt dat jij – in tegenstelling tot negentig procent van de wereldbevolking – uit een beschaafd milieu komt.'

'Onze stamboom gaat terug tot de dertiende eeuw, mijn familienaam is even oud als de oudste omwalling van de stad Maastricht. Een van mijn voorvaderen was rond 1800 burgemeester van Maastricht. We hebben een familiewapen.'

'Je vindt ook dat je smaakvol gekleed bent. Met jouw goede smaak kun je sowieso een voorraadkamer vullen. Goede smaak wat betreft boeken, film, theater. Goede smaak als het gaat om eten en wijn. Mensen zoals jij weten overal en altijd hoe ze zich moeten gedragen.'

'Ik zal je niet tegenspreken.'

'Je bent behoorlijk egocentrisch.'

'Och…'

We waren aangekomen op een schuin aflopende driesprong, voor ons lag het kasteeltje van Rieu. Hier begon de Ursulinenweg. Aan de rechterkant lag een kerk, de kerk van Sint-Pieter boven, met eromheen een kerkhof.

'Als ik het allemaal zo overzie, is het eigenlijk een raadsel waarom ik geen gruwelijke hekel aan je heb,' zei ze.

'O, maar ik weet wel hoe dat komt,' zei ik.

'Zie je wel? Mijnheer heeft overal een antwoord op. En?'

'Kom,' zei ik, 'ik zal het je laten zien.'

We liepen een paar treden op van de trap die naar de kerk leidde en gingen links via een hek naar het kerkhof. Meteen aan de linkerkant was een smalle strook met graven. Ergens halverwege die strook lag een kleine grafsteen met twee namen erop: de naam van een man en de naam van een vrouw. Onder die namen stond, met een uitroepteken: *Leefde Besteit!*

'Leefde besteit,' zei ik. 'Da's Maastrichts. Liefde bestaat.'

Van het heuvelland naar de wc
van Lumière

Zover ze kon kijken zag ze vriendelijk golvende heuvels, bedekt met bos en weiden. Op sommige plekken kwam het krijt naakt aan de oppervlakte. In de verte meanderde een riviertje.

Het was stil, alsof de natuur het geluid had uitgezet. Geen vogels, geen wind, geen ruisende bomen. Ze begon te lopen. Ze liep zonder te denken, haar voeten leken de weg te kennen. Het pad voerde omhoog, het bos in. Ze liep een tijd tussen de roerloze bomen tot het pad 't bos weer verliet. Het daalde af langs een weide en eindigde bij een geasfalteerde weg. Nergens was een teken van menselijk leven. Geen auto's, geen wandelaars, niets. Ze liep verder.

Het terras langs de kant van de weg was verlaten. Grind knerpte onder haar voeten toen ze langs de lege tafels en stoelen naar de ingang van de herberg liep. De deur stond open; ze ging naar binnen en kwam in een smalle gang, met links een gesloten deur waarop Kantoor stond. Ze bleef staan, riep 'hallo' en wachtte. Er kwam geen antwoord. Ze klopte op de kantoordeur, voelde aan de klink en opende de deur; er was niemand in het kantoor. Rechts wat verder in de gang was een dubbele, openslaande deur die toegang gaf tot een ontbijtzaal. Ze ging naar binnen en zag keurig gedekte tafeltjes voor twee, vier en zes personen. In het midden van de zaal stond een buffet met eten. Ze pakte een bord, nam wat van het eten en ging aan een van de tafeltjes zitten. Ze had honger.

Terwijl ze at, viel haar blik op een zilverkleurig doosje dat op de buffettafel lag. Het leek op het sigarettendoosje dat vroeger bij haar oom op de salontafel stond. Ze liep naar de buffettafel en keek in het doosje. Sigaretten, inderdaad, maar geen gewone: ze waren met de hand gerold en aan het uiteinde was het papier in een punt gedraaid. Ze nam er een en rook eraan. Dat riep herinneringen op. Glimlachend stak ze de sigaret aan. Ze inhaleerde diep, sloot haar ogen en liet de rook zijn werk doen in haar longen. Muziek, ze wilde muziek. Ze keek om zich heen en zag een eindje verder in de zaal een nis met een platenspeler en een stapel lp's. Vinyl moet ik zeggen, dacht ze, en giechelde. Ze liep naar de nis en zocht een lp uit. Muziek vulde de verlaten ontbijtzaal. *Julia Dream*. Ze begon te dansen. Hoofd gebogen, armen gespreid, sigaret in haar rechterhand.

Ze werd moe en keek om zich heen. Achter de ontbijtzaal lag een serre met comfortabele stoelen en een bankstel. Ze liep ernaartoe en vlijde zich op de bank. Na een tijdje trok ze haar rok tot boven haar middel en met haar linkerhand haar slip opzij houdend begon ze te wrijven. Fantasieën vulden haar hoofd en dreven haar hand steeds sneller op en neer. Zacht kreunend kwam ze klaar.

Ze schrok wakker met een gekneusd gevoel en dacht: hier is vast ergens een echt bed. Ze liep terug naar de gang; aan het einde was een trap. Ze ging naar boven en kwam uit op een overloop met verschillende deuren. Ze opende er een en zag een keurig opgemaakt tweepersoons bed. Ze kleedde zich uit en ging in haar ondergoed op het bed liggen. Het matras was precies goed, niet te zacht en niet te hard. Maar door het dutje op de bank was ze niet echt moe meer. Ze keek om zich heen, op het nachtkastje lag een boek. Ze begon te lezen.

***

Ze was blijkbaar toch in slaap gevallen. Ze kleedde zich aan en ging naar beneden. Er was nog steeds niemand. Ze stond stil en luisterde: niets. Ze liep naar buiten. Ze wilde weg hier, weg uit deze lege herberg in dit lege landschap. Ze wilde naar de stad. Ze zou naar de wc van Lumière gaan.

***

Ze had het goed voorbereid. Als ze gemotiveerd was, kon ze dat: plannen en uitvoeren. Ze was een paar keer tot sluitingstijd gebleven. Om te controleren of er in deze voormalige elektriciteitscentrale centrale lichtschakelaars waren en waar die dan zaten. Of er vaste mensen waren die op vaste dagen alles afsloten. Met een van die mensen, een wat oudere man met een Belgisch accent, had ze een paar keer na sluitingstijd aan de bar een pilsje gedronken. Hij was niet ongevoelig voor haar charmes. Ze had een keer met hem de laatste ronde door het gebouw gemaakt. Toen wist ze dat ze er klaar voor was.

Ze had zich 's avonds laten insluiten. Hoe ze uit het gebouw moest komen, had ze niet gepland. Dat was niet belangrijk. Desnoods wachtte ze tot de volgende dag alles weer openging. Belangrijk was dat ze hier nu was. Alleen. Alleen met de tegels, het staal en het glas. Waarom had ze al die moeite gedaan? Waarom was ze vastbesloten geweest hier de nacht alleen door te brengen? Hier, in de verlaten wc-ruimtes van Lumière Cinema? Ze had geen antwoord op die vraag. Ze had alleen geweten: ik moet dit doen. Ze wilde luisteren naar het verhaal van het glas en het staal.

Ze zat op de vloer met haar rug tegen de groene wandtegels en liet de stilte haar werk doen. Het contrast met eerder die avond toen overal in dit gebouw mensen aten, lachten en dronken was groot. Het is de eenzaamheid, dacht ze. De eenzaamheid van glas en staal, de eenzaamheid van een leeg landschap. Ik wil niet eenzaam zijn, niet verlaten worden. Maar iedereen zal mij verlaten en ik zal iedereen verlaten. Want iedereen gaat dood. Maar zolang ik leef, ben ik niet dood. Er is eenzaamheid, en er is schoonheid. En alles is eindig.

Kruisherenhotel

De taxi draaide het straatje in dat naar het hotel leidde. Het ligt niet voor de hand in de stad waar je woont in een hotel te overnachten, maar dat was wat ze ging doen. Haar huis werd al wekenlang verbouwd en ze had even genoeg van de puinhoop. Dit weekend wilde ze rust en comfort. Ze wilde nadenken.

Ze rekende af bij de chauffeur en liep met haar koffertje door de koperen gang die toegang gaf tot het hotel. Het was niet de eerste keer dat ze hier kwam, ze had al eens gegeten in het restaurant dat bij het hotel hoorde. Terwijl ze omringd door het glanzende koper naar binnen liep, dacht ze wat ze bij eerdere gelegenheden ook al had gedacht: dit is een baarmoederhals, de toegang tot een andere wereld. Een mooiere wereld, een veilige wereld vol rood fluweel en fonkelend glas. Waar tegen iedereen die binnenkomt gefluisterd wordt: 'Vergeet en geniet. Hier is alles zoals het moet zijn; dit is een plaats van licht.' *Clairlieu*, in het Frans. Dat was ook de naam van het eerste Kruisherenklooster ooit, opgericht in 1211 in Hoei, een plaatsje niet ver van Maastricht. Dat had ze gelezen.

***

Ze zat in haar suite in kleermakerszit op bed, naakt met alleen haar slipje aan. Ze paste mooi bij het licht uitzinnige behang vol halfnaakte Rubensfiguren. Zelf was ze niet voluptueus, maar ze zag er goed uit. Dat zeiden niet alleen haar vriendinnen en mannen, maar moesten ook de getrouwde krengetjes toegeven die haar altijd zo achterdochtig bekeken. Mooi figuur, strakke borsten. Intelligente ogen. Lang niet gek voor *forty something*. Dat vond Charles blijkbaar ook: zes weken na hun eerste date had hij gevraagd of ze met hem wilde trouwen. Ze ging het even na: in die zes weken hadden ze drie keer afgesproken op neutraal terrein – een kroeg, een restaurant, een museum. Vier keer hadden ze een weekend samen doorgebracht. Het was een uitzonderlijk mooi najaar geweest en ze hadden alle aangename dingen gedaan die je zoal doet. In bed, maar ook daarbuiten. Ze hadden gewandeld door het sciencefictionachtige landschap van mergel aan de rand van Maastricht, gecreëerd door zeventig jaar afgraven. Ze waren uit gaan eten. Ze hadden gepraat, eindeloos gepraat. En elke keer dat ze bij elkaar waren had ze de opwinding groter voelen worden, niet alleen bij zichzelf, maar ook bij hem. Als een golf die hen overspoelde. Ze hadden gepicknickt op de helling van de Sint-Pietersberg en tijdens dat laatste weekend, nu vijf dagen geleden, had hij gevraagd of ze met hem wilde trouwen. De vraag verbaasde haar niet want ook bij haar, een verstandige volwassen vrouw die een verstandig volwassen leven leidde, was die gedachte gegroeid. Op een onontkoombaar lijkende manier steeds sterker wordend: wij gaan trouwen. Tegelijkertijd, als ze hem niet zag, door de week, als ze weer gewoon aan het werk was, als ze weer gewoon Alexandra Regout was, directeur-grootaandeelhouder van Regout Coatings bv, leek het alsof die weekends met Charles zich in een parallelle werkelijkheid hadden afgespeeld, een werkelijkheid die los stond van haar dagelijks leven. Ze vroeg zich af of die twee werelden wel samengebracht konden worden, of die parallelle wereld niet zou verkruimelen onder de druk van het normale bestaan. Bovendien was ze niet haar vriendin Linda die vond dat je altijd je gevoel moest volgen. Alexandra wantrouwde haar gevoel – nee, dat was niet waar, ze liet niet toe dat het haar verstand uitschakelde. Dus had ze besloten dit weekend na te denken, goed na te denken.

***

Ze keek half afwezig om zich heen, naar de prachtige suite. Wat een contrast met de hokken uit haar studententijd. Nog steeds wist ze niet hoe ze daar ooit doorgerold was, door haar studie. Het eindeloze blowen met vriendjes. Luisteren naar Pink Floyd. *Set the controls for the heart of the sun.* De roes – totdat de wormen kwamen. Ze had een keer aan haar zus proberen uit te leggen wat dat was, de wormen. 'Dat gaat zo. Je loopt door een drukke winkelstraat en je voelt dat de mensen naar je kijken. Twee meisjes giechelen als ze je voorbijlopen, een man in een leren jack staart je vijandig aan. Een bejaard echtpaar kijkt afkeurend naar je. Ze zeggen niks, maar het is duidelijk wat ze denken. Je gaat naar binnen bij de bakker en wacht op je beurt. Terwijl je wacht, worden je oksels nat. Wat moet je zeggen als je aan de beurt bent? Een half gesneden bruin en een half gesneden wit? Maar dan vraagt het winkelmeisje natuurlijk: Welk bruin? Welk wit? Nee, je moet zeggen: een half gesneden fijn volkoren en een half gesneden tijgerwit. Als je keel maar niet piept, als je dat vraagt. Je ziet ze al denken: wat is dat voor zonderling? Of je bent in een ruimte met mensen en iedereen fluistert, ze hebben het over jou. Je weet niet waar je moet kijken. Als je de mensen aankijkt, denken ze: wat zit díe te staren? Als je naar de grond kijkt, denken ze: wat is er met haar aan de hand? Je vlucht weg, naar een kamer waar je alleen kunt zijn. Je slaapkamer. Daar zit je op je bed. Je kijkt naar de kale witte muren. En na een tijdje komen ze, uit het behang. De wormen. Ze kruipen naar boven, naar het plafond. Ze kruipen omlaag, naar de vloer. Ze verspreiden zich door de kamer. Ze kruipen omhoog langs de poten van het bed. Ze kruipen naar je toe.'

'Goed dat je met blowen gestopt bent, lijkt me,' had haar zus gezegd.

In het kader van de constructieve verandering had ze het toen maar op een zuipen gezet. Ze moest glimlachen als ze terugdacht aan de escapades met Gabrielle, haar beste vriendin destijds. De stunts die ze hadden uitgehaald. Hoe zij, Alexandra, staande op een tafeltje in een bomvolle nachtkroeg aan een striptease was begonnen. Gelukkig had de portier haar met zachte drang naar buiten geleid voordat het te spannend werd. Het had haar nog moeite gekost de zijden blouse terug te krijgen die ze al in de enthousiaste menigte gegooid had. Hoe ze een andere keer aan de bar naast een charmante man had gezeten en hoe ze, toen ze hem iets in het oor wilde fluisteren, van haar kruk gelazerd was. Ladderzat. Hoe ze op de dansvloer van een kroeg onderuit was gegaan en de eigenaar, een goede bekende, haar naar buiten had gedragen en bezorgd had staan toekijken terwijl ze haar longen uitkotste in de struiken. Hoe Gabrielle 's zondags verhalen vertelde over de avond ervoor en zij zich niet meer herinnerde dan flarden.

***

Daarna was ze verstandig geworden. Ze was in de zaak van haar vader gaan werken en dat had ze goed gedaan. Ze had nieuwe business binnengebracht, een substantiële bijdrage geleverd aan de omzet van de zaak die in tien jaar tijd vervijfvoudigd was. En toen haar vader aangaf zich te willen terugtrekken, had zij de zaak overgenomen. Ze had hard gewerkt, zeker in de beginjaren. Altijd werken, altijd reizen, altijd bellen. Haar ietwat onbezonnen huwelijk had het onder die omstandigheden niet lang uitgehouden, maar dat had ze nauwelijks erg gevonden. Mannen genoeg en het werk gaf haar een kick. Ze kon euforisch worden van een goede deal, het gaf haar het gevoel dat ze ertoe deed, dat ze iets bereikte. Hard werken werd een deel van haar persoonlijkheid, het hoorde bij haar identiteit, net zoals haar Range Rover en het grote huis in het Villapark. Want het geld was goed. En dankzij de nieuwste wetenschappelijke inzichten kon ze er zorgeloos van genieten. Want geld maakt wél gelukkig, had een hoogleraar vastgesteld. Hoe meer geld, hoe beter. Hetzelfde gold voor seks: ze wist allang niet meer hoeveel mannen ze in de jaren na haar huwelijk naar haar bed had gesleept. Seks is als geld, dacht ze. Hoe minder er is, des te groter de honger. Maar gestild wordt de honger nooit, ook niet bij overvloed. Soms ligt het beest een tijdje voldaan in een hoek, maar altijd weer wordt het wakker. Dan kijkt het om zich heen, op zoek naar nieuw vreten. Ze moest opeens denken aan Tommy. Een volwassen kerel van één meter vijfentachtig, de schouders van een dokwerker. En hij noemde zichzelf 'Tommy', als een jongetje uit een Amerikaanse kinderserie met dolfijnen. Het was tijdens haar lunchneukperiode, zo noemde ze die tijd in gedachten. Op enig moment had ze bedacht dat het handiger was mannen tijdens de lunchpauze mee naar huis te nemen. Dat creëert een vanzelfsprekend einde. Je hebt een uurtje, daarna moet je weer aan het werk. 's Avonds is het lastiger, dan blijven ze hangen en willen ze blijven slapen. Ze zag Tommy nog door de openstaande slaapkamerdeur voor de badkamerspiegel staan, *good looking* en volledig tevreden met zichzelf. Tijdens het neuken had hij haar fluisterend zijn eeuwige liefde betuigd. Daar moest ze een einde aan maken en dat had ze meteen maar gedaan. Haar minnaar kwam terug uit de badkamer met een blik die zei: ik wil nog wel een keer.

'Tommy?'

'Ja, schat?'

'Ik wil je niet meer zien.'

'Hoe bedoel je?'

Ze zuchtte. 'Wat ik bedoel, Tommy, is dat ik je niet meer wil zien. Dit was de laatste keer.'

'Maar...'

'Het is beter als het hier eindigt.'

'Wat zeg je nou, Alex? Ik hou van je.'

Uiteindelijk was hij woedend het huis uitgestormd, de voordeur met geweld achter zich dicht smijtend. Geef ze nooit een sleutel, *that's the key*, had ze gedacht.

Ze wist dat er in die tijd mensen waren die haar een loeder vonden, een slecht mens zelfs. En niet alleen de Tommy's. Ook op de zaak waren er mannen en vrouwen, voor een deel nog begonnen onder haar vader, die haar wel konden schieten. Ze was ongeduldig en allergisch voor domheid. Domheid herkende ze meteen, ze zag het in hun blik, in die defensieve, bij voorbaat verontwaardigde oogopslag. 'Je kunt beter slecht zijn dan dom,' had ze een keer gezegd. 'Slechte mensen kunnen hun leven beteren, domme niet.' Ze was vriendinnen kwijtgeraakt. De meesten trouwden en kregen kinderen – op zich geen doodzonde. Maar ze had een hekel aan de zelfingenomenheid waarmee ze zich op hun met kinderen gevulde bakfietsen door hun hoogopgeleide leventjes verplaatsten. Haar oudere zus Maria, zelf ook moeder, had het haar uitgelegd. 'Je bent rijk, je hebt een dikke auto, een groot huis, je doet wat je wil. Je levensstijl is, hoe zal ik het zeggen, enigszins promiscue en alsof dat allemaal nog niet genoeg is, zie je er ook nog eens heel goed uit. De gemiddelde man begint te kwijlen als hij jou ziet. Verbaast het je dat die vrouwen een hekel aan je hebben?'

***

En weer was er inzicht gekomen. Op een dag werd ze wakker en in plaats van snel te douchen en naar de zaak te rijden, was ze in bed blijven liggen. Ze had gedacht: waarom moet ik naar de zaak? Word ik er beter van als ik nog meer coatings verkoop? Wordt de wereld er beter van? Natuurlijk was ze even later toch opgestaan om te gaan werken, maar het zaad zat in de grond. Ze begon anders tegen haar werk aan te kijken, werd aardiger voor haar personeel, kreeg aandacht voor hun persoonlijke omstandigheden. Soms betrapte ze zichzelf op een zekere afkeer van de wereld waarin ze verkeerde, een wereld van geld en status, van dure restaurants en nog duurdere wijn, van arrogantie en zelfoverschatting. Haar voortdurend harde werken kwam in een ander licht te staan door een gesprek met haar klusjesman, dezelfde die nu haar huis aan het verbouwen was. Hij kwam uit Sicilië, woonde al lang in Maastricht en sprak Maastrichts dialect met een Siciliaans accent. Hij zei: 'Jullie vinden jezelf zo belangrijk als je een volle agenda hebt, als je druk, druk, druk bent. Op Sicilië zeggen we: als jij het zo druk hebt, heb je je zaken niet goed geregeld.' Kon dit nog geïnterpreteerd worden als een staaltje van Zuid-Europese gemakzucht, het verhaal van een succesvolle Duitse zakenman had haar ook aan het denken gezet.

'Een paar jaar geleden,' vertelde die, 'ging het na jarenlang hard werken zo goed met mijn zaak dat ik mijn droom kon verwezenlijken: ik kocht een zeewaardig jacht. Ik zal je vertellen, Alexandra, toen ik voor het eerst met mijn jacht de haven uitvoer... een onbeschrijflijk gevoel. Een halfjaar later lag ik in de haven van Cannes. De dag nadat ik had aangelegd, kwam een Griekse reder naast me liggen. Zijn jacht stak ongeveer vijf meter boven het mijne uit, hij kon van bovenaf op mijn dek spugen. *Runterspucken*, zeggen wij Duitsers. Toen dacht ik: nee, je bent op de verkeerde weg. Geld en luxe zijn aangenaam, maar je moet ze niet tot doel van je leven maken. Het heeft geen einde. Er zijn altijd grotere jachten, mooiere huizen, rijkere patsers. Ik heb mijn zaak verkocht, ik importeer nu exotische planten. Dat wilde ik altijd al doen.'

***

Ze rilde een beetje en keek op haar telefoon. Halfzeven, ze had om zeven uur een tafel gereserveerd. Ze stond op en trok een badjas aan. Zelfs de seks was de laatste jaren minder geworden, dacht ze. O, ze kon nog steeds heel geil worden, maar te vaak had ze na afloop van weer een neukpartij met weer een knappe vent een kater, het gevoel dat ze zich snel moest wassen. Misschien logeerde ze niet voor niets in het Kruisherenhotel, bedacht ze glimlachend. Misschien had de goddelijke voorzienigheid haar hiernaartoe gevoerd om haar tot inkeer te brengen. Wat waren de drie kloostergeloften ook alweer? Kuisheid, armoede en gehoorzaamheid. Ze was bang dat ze op geen van die drie hoog scoorde. Maar wat moest ze dan? Exotische planten importeren is leuk, maar wat zegt dat over de zin van het leven? Over het zwarte gat aan het einde? Veel mensen hadden daarover nagedacht. Ze had ze proberen te lezen: Epicurus, Spinoza, Nietzsche. Terwijl ze las, dacht ze vaak: ja, zo is het. Maar als ze het boek dichtklapte, ging haar leven verder. En Epicurus, Spinoza en Nietzsche waren ook dood. Het dichtst bij haar gevoel kwam de Nobelprijswinnaar die had geschreven:

Life is sad
Life is a bust
All ya can do is do what you must
You do what you must do and ya do it well

Maar niet getreurd. Ze ging nu fijn douchen, een mooie jurk aantrekken en dan in een bijzonder aangename omgeving, hoog in het Kruisherenhotel, dicht bij de hemel, heerlijk eten. Maandag zou ze gewoon weer naar de zaak gaan, ze was verantwoordelijk voor het welzijn van heel wat mensen en hun gezinnen. En wat Charles betreft: ze wist wat ze moest doen. Ze nam het verstandige besluit iets onverstandigs te doen. De golf van gevoelens voor hem die haar nu overspoelde kwam ongetwijfeld voort uit een romantisch misverstand. Over anderhalf jaar zouden de geilheid en de chemie uitgewerkt zijn en zou ze genoeg hebben van zijn stem, de stem waarvan ze nu zo opgewonden raakte. Maar ze zou met hem trouwen, ze zou zich met haar volle verstand door de golf laten meevoeren, indachtig de twee regels waarmee het gedicht van de Nobelprijswinnaar eindigde:

I'll do it for you, honey baby
Can't you tell?

Capucijnengang

Ah, een plekje. Tegenover die blonde kakmadam weliswaar, maar *who cares*. Mijn god, wat een ellendige drukte. En overal telefoontetteraars. Ze had een suggestie voor een alternatieve taakstraf: tijdens het spitsuur 240 uur reizen met de Nederlandse Spoorwegen. Ilse wierp een minachtende blik op de blonde dame tegenover haar. Keurig mantelpakje met een smetteloos witte *blouse*. Een goed geconserveerde office-bitch. Druk met het voorbereiden van de eerste meeting, ongetwijfeld. Maar terwijl Ilse keek, werd iets in haar wakker dat zich snel door haar hele lichaam leek te verspreiden. Ze kende die vrouw.

'Jennifer?'

***

Een moment lang leek het alsof ze vanuit een ander tijdperk naar zichzelf keek, naar de vijftienjarige die ze was en die wilde wat alle vijftienjarigen willen. Waar zocht je dat in die tijd, als keurig meisje uit Maastricht? Ze zag de ruimtes weer voor zich, schemerig en sfeervol. De grote bar, de dansvloer, de plekjes bij de haard. De aparte zaal voor toneelles en livemuziek met vloeistofdia's. De Kombi aan de Capucijnengang, eind jaren zestig opgezet door de paters Jezuïeten. Opdat schoolgaande jongeren uit Maastricht zich op eigentijdse maar tevens decente wijze konden amuseren. Het probleem was alleen: Ilse wilde iets waarvan ze vermoedde dat de paters het niet zouden goedkeuren.

Swatting flies. Het stoorde haar vader dat ze voortdurend Engelse uitdrukkingen gebruikte, maar hoe moest je het anders omschrijven? Als om de vijf minuten een puistige puber naast je stond om te vragen of je wilde dansen? Onwillekeurig trok ze met haar duimen haar topje omhoog. Dansen wilde ze wel, maar niet met Dylan of Kevin of hoe ze ook allemaal mochten heten. Vanaf haar zitplaats op de voetreling van de bar had ze een goed uitzicht op de dansvloer en meer speciaal op een meisje dat daar danste. Mijn god, wat was ze knap! Dat lange, blonde haar, die *moves*. Dat strakke jurkje, die prachtige benen, lieve Heer in de hemel, help me!

'Zo Ilse, *drooling again*?'

Leo ging naast haar zitten en grijnsde. Zonder haar ogen van de dansvloer af te wenden gaf ze hem een harde elleboogstoot in de zij. Dat deed hem even naar adem happen. Leo was haar beste vriend, en de enige die op de hoogte was van haar grote geheim. Van haar twee grote geheimen, eigenlijk. Eén: ze viel op meisjes. Ze kon dat nu hardop tegen zichzelf zeggen, maar verder wist niemand het. Behalve Leo dan. Twee: ze viel op Jennifer van den Boorn. Hoe hopeloos was dat? Jennifer van den Boorn, een van de troela's van zes gym? Die ongetwijfeld diep neerkeek op een stumper van vijf havo? En, minor detail: ze had niet echt een reden om te veronderstellen dat Jennifer van den Boorn, de blonde godin van haar dromen, was zoals zij.

'Kijk, ze komt hiernaartoe!' fluisterde Leo.

En inderdaad. Jennifer was gestopt met dansen en kwam hun kant op, geen twijfel mogelijk. Ilse wilde opstaan en weglopen, maar Leo, de klootzak, hield haar met een vinger vast bij haar broekriemlus.

Jennifer stond voor hen en keek op hen neer. Hoe was ze ooit op de puberale gedachte gekomen op de voetreling van de bar te gaan zitten? Ze leek wel een kleuter!

'Dag, Leo.'

'Hallo, Jennifer.'

Ze kon nu niet meer wegrennen, maar ze wou dat ze ergens anders was. Ze wilde haar gezicht in haar handen verbergen, schreeuwen of zoiets. Al die nachten dat ze in haar eentje naar het plafond had liggen staren, had liggen draaien in haar bed, zich afvragend waarom zij niet normaal was, waarom ze niet kon zijn als alle anderen, waarom net zij, Ilse Hermans, een pót moest zijn. Alle twijfel, angst, hoop en wanhoop leken in dit moment samen te komen.

'Dag, Ilse.'

De stem klonk vriendelijk. Ilse keek op en zag bruine ogen.

∗∗∗

De vrouw met de witte blouse tegenover haar keek op van haar laptop en nu wist Ilse het zeker. Het duurde een fractie van een seconde, maar toen zag ze herkenning in de bruine ogen. En meteen daarna de overweging: welke houding neem ik aan?

'Ilse, hallo. Dat is lang geleden! Hoe is het met jou, meid?'

Meid? Had Jennifer nou net 'meid' tegen haar gezegd? Haar grote, alomvattende liefde? Van lang geleden weliswaar, maar toch. *Meid*?

'Goed, dank je. Met jou ook, zo te zien. Mooie schoenen heb je.'

Jennifer boog haar been en keek naar haar schoen. 'Ja, hoewel ik ze liever in een andere kleur had gehad. 't Is soms echt vreselijk! Heb je eindelijk een keer tijd om te shoppen... Maar vertel, hoe is het met je?'

Jennifer schoof een beetje op haar stoel en streek een lok keurig gestyled blond haar achter haar oor. Ilse zag de gladde gouden ring aan haar vinger.

***

Had ze echt 'meid' gezegd? Ze had nog even gezwaaid toen Ilse was uitgestapt en over het perron liep. De trouwring had ze meteen gezien. Ilse. *Ilse, Ilse, Ilse.* Nee, ze kon nu niet aan Ilse gaan zitten denken, ze moest die stukken lezen voordat ze in Utrecht was. Ilse. Hoe lang was het geleden? 'De mooiste tijd van mijn leven', dat zei ze in gedachten tegen zichzelf. Die zes maanden met Ilse. Totdat ze eindexamen had gedaan en was gaan studeren. En een baan gevonden had en daarna ook een man. Waarom had ze sinds Ilse nooit meer met een vrouw geslapen?

Ze was laat getrouwd. Verliefd was misschien een groot woord, maar ze had echt wel om haar man gegeven. Het had meteen vertrouwd gevoeld, alsof ze elkaar al lang kenden. Ze gaf nog steeds om hem, hij was geen verkeerde man. Wat rechtlijnig soms en daardoor onnodig hard. Hij zou zo nu en dan wat liever mogen zijn. Ze hadden twee kinderen gekregen, de jongste leek op zijn vader, heel anders dan hun oudste dochter. Ze waren niet rijk, maar hadden een goed leven samen. Een fijn huis in Biesland, de kinderen deden het goed op school. Af en toe hadden ze ruzie, maar in welk gezin was nooit ruzie? De oudste deed binnenkort eindexamen en verheugde zich nu al op haar vrije leven. In Amsterdam, waarschijnlijk. 'Ik weet één ding zeker, en dat is dat ik niet in Maastricht ga studeren,' had ze gezegd. Jennifer glimlachte in gedachten.

Terwijl de trein doordenderde, verdween haar glimlach. Waarom voelde haar keurige leven als een gevangenis? Waarom had ze al zes jaar geen seks meer met haar man? Hij was niet impotent, hij zag er nog steeds goed uit en zij ook. Hij ging niet vreemd, dat wist ze, en zijzelf ook niet. Ze dacht er wel eens aan. Ze keek, naar mannen én vrouwen. Vooral naar vrouwen, de laatste tijd. Maar het bleef bij kijken en fantaseren. Zo nu en dan had ze aan Ilse gedacht. Als ze 's avonds in het donker naast haar slapende man lag en bedacht dat ze dit leven niet veel langer zou kunnen volhouden. Je moet er moeite voor doen, had ze tegen zichzelf gezegd. Praat erover, doe er iets aan. En als het niet lukt, ga je scheiden. De kinderen zullen het vreselijk vinden, maar leven met liefdeloze ouders is ook vreselijk. Ze dacht aan de blije blik van hun dochter bij de steeds zeldzamer wordende momenten van affectie tussen haar ouders. Een kus die meer was dan routineus, de enkele keer dat ze hand in hand liepen. Ze hadden gepraat, één keer, even, over het ontbreken van seks. 'Jammer dat we in dat opzicht zo uit elkaar zijn gegroeid,' had hij gezegd. En ook, op zo'n manier dat ze bijna medelijden met hem kreeg: 'Scheiden, dat zou ik een ramp vinden.' Hij had haar proberen te omhelzen toen, maar instinctief had ze hem afgeweerd. Daar was het bij gebleven, ze hadden verder geleefd. Een tijdlang had ze gedacht dat een mooi nieuw huis een verschil zou maken, maar dat was natuurlijk een illusie gebleken. Het dure huis had het alleen maar moeilijker gemaakt om te scheiden, als ze dat gewild zouden hebben. En zo vond ze zichzelf terug in het donker naast haar slapende man, haar man die om haar gaf en die zij ook geen kwaad hart toedroeg. En toch dacht ze: ik wou dat hij er niet meer was.

***

De stem van de conducteur klonk door het krakende omroepsysteem. Volstrekt onverstaanbaar, maar ze wist ook zo wel dat ze Utrecht binnenreden. Ze klapte haar laptop dicht. Ze had geen woord gelezen van de stukken die haar twee uur geleden nog zo belangrijk voorgekomen waren. Eenmaal op het perron belde ze eerst haar man. Daarna zocht ze op van welk spoor de eerstvolgende trein terugging naar Maastricht. Zeker, ze zou Ilse bellen. Maastricht is een kleine stad en ze wist dat Ilse alweer een paar jaar alleen was. Maar daar ging het niet om, dat deed er eigenlijk niet toe. Ze had een besluit genomen.

Lichtenberg

Ze wist hoe lang de hal was. Dertig passen. Dertig passen heen, dertig passen terug. In de breedte: tien passen. Tien heen, tien terug. Diagonaal waren het tweeëndertig passen. Tweeëndertig passen over grijze plavuizen.

In de hal stond een bed, een tafel en een rechte stoel. Boven de tafel hing een spiegel waarin ze soms urenlang keek. Turend in de reflectie van haar ogen in de hoop daar iets te ontdekken wat ze nog niet kende. Iets nieuws.

Mensen zag ze niet. De bewakers die elke ochtend water en eten door het luik onderaan de deur naar binnen schoven, bleven angstvallig uit zicht. In het begin had het omhooggaan van dat luik haar doen denken aan het oude Rome. Ze stelde zich voor dat via zo'n luik de wilde dieren de arena ingejaagd werden.

Ze kon naar buiten, ze kon buiten gaan staan op het balkon, hoog boven de grond. Daar kon ze de Maas zien stromen, daar kon ze kijken naar de steeds veranderende lucht, naar voorbijtrekkende wolken op weg naar plaatsen waar ze nooit meer zou komen. Daar kon ze luisteren naar het gekrijt van een buizerd.

Nooit meer. Dat waren de woorden van haar leven geworden: nooit meer. Nooit meer zou ze lachen met haar zoon. Nooit meer zou ze met een man vrijen. Nooit meer zou ze in de rivier zwemmen, nooit meer zou ze de plaatsen zien waar ze gelukkig was geweest. Nooit meer zou ze wakker worden met de vraag wat de dag haar zou brengen. Ze wist wat de dag haar bracht. Dertig passen heen, dertig passen terug.

Op de tafel lag iets. Dagen, weken vermeed ze ernaar te kijken. Het lag er, maar ze keek erlangs. Ze kon het naar buiten gooien, het mee laten nemen door de wind, dan was ze het kwijt. Maar ze deed het niet. Daar ligt mijn redding, dacht ze de ene dag. Een illusie, dacht ze een dag later. Wie wilde haar verhaal horen?

Ze liep naar de tafel. Ze ging zitten, pakte een vel van de stapel, doopte de pen in de inkt en begon te schrijven. Aan haar zoon. Aan haar geliefde die haar verlaten had. Aan iedereen die ze kende en aan iedereen die ze niet kende. Aan iedereen die zou willen luisteren. In de loop van de jaren was de stapel met volgeschreven vellen gegroeid. Niemand nam ze mee.

Ze stond buiten en richtte haar gezicht naar de regen. Met gesloten ogen stond ze daar, totdat ook de huid onder haar kleren nat was. De regen stopte, maar ze bleef in dezelfde houding staan, armen omlaag langs het lichaam.

Ze had zichzelf gekrabd. Op haar armen en benen, in haar gezicht, tot bloedens toe. Ze was ermee gestopt, maar naakt voor de spiegel zag ze de littekens die haar lichaam mismaakten.

Ze had geschreeuwd, maar niemand kwam kijken. Ze had zichzelf bevredigd, eindeloos vaak, totdat het zijn opwinding verloor. Ze was gaan zingen. Dat troostte haar en doodde haar grote vijand, de tijd. Ze schreef de woorden van de liederen die ze kende zo volledig mogelijk op. Ze oefende. Ze zocht de plaatsen in de hal waar haar stem het beste klonk. Ze zong buiten, hoog boven de grond, voor de wolken, de wind en de buizerd.

Ze had aan de rand gedacht, buiten. Eén nacht had ze onbeweeglijk buiten gestaan, denkend aan de rand. Ze wist: als ik beweeg, spring ik. Dus had ze niet bewogen – totdat ze van uitputting in elkaar was gezakt. Vanaf dat moment was het duidelijk dat ze nooit zou springen.

Ze liep door de hal. Dertig passen heen, dertig passen terug.

Binnenstad en Villapark

Het pand in de Kleine Staat waar ze als kind gewoond had, boven de lunchroom van haar vader. Waar haar ouders, broertjes en zusjes, koks en serveersters door elkaar liepen, leefden en werkten. Waar de chef-patissier trouwde met de schoonmaakster in vaste dienst. Waar de Dikke Chef van de keuken een volière mocht bouwen op het binnenplaatsje bij de keuken. Waar hij sindsdien elke morgen voor het werk, kijkend naar zijn Cardinalen en Japanse Nachtegalen, 'dáág pietekes, dáág pietekes' stond te roepen. Waar hij met een keukenmes achter de huiskat aanzat als die te dicht bij zijn pietekes kwam. Waar haar broertjes in de jongenskamer sliepen en de meisjes in de meisjeskamer. De jongens alle vijf bij elkaar op één kamer, zij als nakomertje op een kamer met haar jongste twee zussen. De oudste twee meisjes hadden elk een eigen kamertje, boven in het woonhuis. Het woonhuis met de enorme zolder vol eindeloze rommel. Met de strijkkamer die voor de badkamer lag. De badkamer met het grote bad waarin ze een keer heel lang mocht blijven zitten, tot het water bijna koud was. Of misschien waren ze me vergeten, bedacht ze later. Dat kan, met tien kinderen en een zaak die zeven dagen per week open is. De badkamer die naast de slaapkamer van pappa en mamma lag; daar kwam je niet vaak. Soms om te bidden voor het slapen gaan, op je knieën aan de rand van het bed. Of die keer toen haar amandelen geknipt werden bij de dokter aan het Vrijthof en ze na de ingreep als speciale gunst in het bed van haar moeder mocht liggen. Toen ze daar lag, nog maar half wakker, hoorde ze hoe haar zus die prachtige pop aan het opwinden was die ze een tijdje geleden gezien hadden in de speelgoedwinkel op de hoek van de Grote Staat. In dat huis, met al die mensen en al dat leven, had ze zich geborgen gevoeld.

Maar ze herinnerde zich ook hoe haar oudste zus haar vader had uitgescholden, op een zondag toen ze allemaal aan tafel zaten. Het personeel in de keuken noemde het een familiedrama, een nieuw woord dat zij – klein als ze was en niet begrijpend waar de ruzie over ging – trots had herhaald toen ze de lege borden naar de keuken bracht: familiedrama. En ze herinnerde zich de keer dat ze in de kinderkamer naast de keuken boven op haar vriendinnetje zat en haar op het gezicht timmerde vanwege een onrecht dat weken daarvoor had plaatsgevonden. Evenmin was ze de keer vergeten dat ze naar een vakantiekolonie aan de Belgische kust moest omdat ze dat jaar om onbegrijpelijke redenen niet allemaal samen gingen zoals altijd. Ze had zich onder het bed verstopt toen ze haar kwamen ophalen en de vakantie was even afschuwelijk geweest als ze zich van tevoren had voorgesteld.

***

'Nou moet ik op mijn kont de trap afkomen omdat jij me niks te drinken wil brengen.'

Haar nieuwe vriendinnetje dat voor het eerst bij hen thuis was stond naast haar terwijl haar vader in zijn vergeeld flanellen ondergoed zittend de trap afkwam, trede voor trede. Ze woonden nu in een groot, licht huis aan de Aylvalaan, in het Villapark. Dat deden middenstanders uit de binnenstad van Maastricht in die tijd: als de zaak goed liep, bleef je er niet boven wonen maar verhuisde je, naar België bijvoorbeeld. Of naar het Villapark, zoals zij gedaan hadden. Toen ze niet meer boven de zaak woonden, had haar vader nieuwe bezigheden gezocht. Drinken vooral. De combinatie van alcohol en medicijnen deed zijn hoofd opzwellen en in haar herinnering lag hij vooral in bed. Haar moeder werkte in de zaak, haar broers en zussen waren het huis uit. Alleen zij en haar jongste zusje woonden nog in dat mooie huis. En moesten hun vader jenever brengen die hij in bed opdronk. Of port, of wat er verder in huis was. Soms gooiden ze de flessen leeg in de gootsteen. Die dag had zij geweigerd jenever naar boven te brengen . En dus was hij op zijn kont de trap afgekomen.

***

'See Emily Play'. Ze kon het dromen, dat nummer, en op haar vijftiende ging ze inderdaad spelen. Niet met jongens, dat wilde ze graag, héél graag, maar om een of andere reden vlotte dat niet erg. Ze vond andere dingen. Muziek en hasjiesj, lange haren en lange jurken. Ze kocht een Indiase houten fluit waar ze niet echt op kon spelen. Stond in de Koestraat buiten tegen de muur van Club 69 te blowen, niet ver van hun nieuwe huis in de Papenstraat. Haar vader had zich herpakt, hij dronk niet meer en zijn hoofd was weer normaal. Op een dag kwam ze in Club 69 iemand tegen, een jonge vrouw van 24. Ze konden het goed met elkaar vinden, hielden van dezelfde muziek en blowden samen. En wat echt geweldig was: haar nieuwe vriendin nam haar gitaar mee naar Emily's hippiekamertje in het huis aan de Papenstraat en zong 'Beautiful People'. Emily zong zachtjes mee: *Beautiful people, never have to be alone.* Jaren later konden haar ogen nat worden als ze aan die momenten terugdacht. Ook de opmerking die haar vader toen maakte was ze niet vergeten: 'Wat moet die vrouw met zo'n jong meisje als jij?'

***

Toen ze twintig was ging Emily in Maastricht op kamers wonen, in de Alexander Battalaan. Ze schilderde, werd vegetariër en werkte bij een macrobiotische boer in Epen. Maar voor geen van die dingen had ze talent, ze had vooral talent voor eenzaamheid, leek het wel. Haar eerste echte vriendje, Jean-Pierre, kwam uit Heer, ooit een zelfstandig dorp maar nu gewoon een Maastrichtse wijk. Hij was lief en bevrijdde haar, maar het ging voorbij en ze was weer alleen.

***

Ze werd volwassen en kreeg banen waar ze geld mee verdiende. Ze kreeg een nieuwe vriend, een vriend

die haar op een terras op het Onze Lieve Vrouwen-
plein vroeg of ze ooit aan kinderen gedacht had. De
vraag verbaasde haar: kinderen krijgen, was dat niet
iets voor andere mensen? Voor normale mensen die
gewoon gelukkig werden? Voor *beautiful people*? Ze
trouwde met die vriend, ze kochten een huisje op Sint
Pieter en kregen een zoon. Ze leidde het leven dat
mensen in rijke landen leven: ze zijn vrij, ze werken,
ze klagen, ze zijn blij, ze worden ziek, ze genezen, ze
genieten, ze gaan dood. Het leven deed met haar wat
het leven met mensen doet.

***

Misschien was het niet te laat. Ze was ouder en weer
alleen, maar mensen worden wijzer. Maakt dat verschil? Ondanks haar jaren was ze nog steeds het kind
in het kouder wordende badwater, het meisje dat ont-
zet naar haar vader op de trap keek. Ze was nog steeds
die vijftienjarige die hoopvol meezong. Hadden mooie
mensen dat ook?

De plekjes

'Mensen kijken altijd als eerste naar de ogen,' zei Johanna.

Hij dacht: dat verbaast me niets, met jouw ogen.

'Prima,' zei hij, 'dan zijn je ogen het Vrijthof. Daar gaat alle aandacht het eerst naar uit. Daar drommen toeristen samen voor Rieu.'

'En dat is goed?' vroeg Johanna. Ze was gek op Léon en nieuwsgierig naar alles wat met Maastricht te maken had. Zelf kwam ze uit Assen, daar kijken ze anders tegen de dingen aan.

Hij gaf niet meteen antwoord. 'Heeft iemand je wel eens verteld dat je mond perfect is?'

'Och, zo vaak,' zei ze.

'Je lippen zijn precies goed. Niet te dun, maar ook niet te dik. Je onderlip is net iets voller dan je bovenlip, dat is mooi. Niks ten nadele van je bovenlip trouwens: die kleine inkeping in het midden… ah! Ik droom van je mond, weet je dat?'

Ze lachte. 'En wat zegt die mond over Maastricht?'

'Nou, een mond gebruik je om te praten. En als ik Maastrichts hoor... dat is de ziel van de stad. Het kan soms zeurderig klinken, maar toch, die taal is thuis voor mij.'

'Ik versta het al best goed.'

'Ja, maar jij bent dan ook geweldig.'

Ze bloosde.

Even later hervatten ze het gesprek.

'Gaan we verder met je neus,' zei Léon. 'Je neus is lief. Een beetje scheef misschien, maar dat is niet echt storend. Een lief boksersneusje.'

'Zeg!'

'Je neus zou passen bij de rosse buurt die Maastricht niet heeft. Weet je wat een hoteleigenaar tegen me zei? "Buitenlandse toeristen die naar de hoeren willen, zetten we in een taxi naar Aken. Dat is maar een halfuurtje rijden. Dan zeggen we dat het the German Red Light District van Maastricht is." Inventief, dat moet je toegeven.'

'Ik weet niet of ik zo blij ben met wat je allemaal over mijn neus zegt.'

'Laten we het dan over je haren hebben. Ik hou van je haren.' Hij streelde over de korte haartjes op haar hoofd. Het voelde aangenaam, als een vacht.

'Zal ik ze laten groeien?' vroeg ze. 'Dan is er meer.'

'Alsjeblieft niet. Die stoppeltjes geven je iets ruigs. Als een rafelrand, die zou Maastricht wat meer willen hebben.' Hij zweeg weer even. 'Ik ben ook gek op je schouders, trouwens.'

'Ik heb brede schouders, voor een vrouw.'

'Ja, maar daar hou ik juist van. Schouders en Maastricht, dat is makkelijk. Schouders dragen een stad. De schouders van Maastricht, dat is het historisch centrum met de stadsomwalling. De Helpoort, de Onze

Lieve Vrouwekerk. De winkels, de Stokstraat, Wyck. De terrassen, de cafés, de restaurants.'

'Die boekhandel in die kerk, hoe heet die ook alweer?'

'Boekhandel Dominicanen. Ja, daar is iedereen gek op.'

'Jij niet, zo te horen.'

'Ach... Ik moest denken, die opsomming die ik gaf: kerken en kroegen, daar komt het zo'n beetje op neer.'

'Daar is toch niks mis mee? Het is gezellig, mensen komen hier graag naartoe.'

'Ja, dat staat wel vast. Op sommige dagen breek je je nek over de toeristen. Maar een stad is ook een plek waar mensen wonen en werken. Ze gaan er naar school, worden verliefd, trouwen en krijgen kinderen. Ze worden er oud en sterven er. Een stad is meer dan een hedonistisch paradijs, een tijdelijke verblijfplaats om te shoppen en schransen. Ook al die aardige buitenlandse studenten zijn passanten; ze gaan weer weg. Maastricht moet uitkijken dat het niet verdwijnt onder mensen die weer weggaan. Op een dag zijn de toeristen en studenten weg en ontdekken we dat er geen stad meer is.'

'Ik ga niet weg,' zei ze ernstig.

Mon dieu, ik aanbid haar, dacht Léon. Misschien moet er een beeld van haar komen in de Onze Lieve Vrouwekerk. Er is vast nog wel een hoekje waar plaats is.

'Eens kijken, wat komt na de schouders.' Hij keek naar haar borsten.

Ze lachte weer.

'De rondelen van Poort Waerachtig,' zei hij.

'De wat?'

'De rondelen van Poort Waerachtig. Poort Waerachtig is die grijze stadspoort vlak bij het eendjespark, weet je wel? Die is eind negentiende eeuw in de stadswal uitgehakt zodat de bewoners van het Villapark makkelijker in de stad konden komen. Een vorm van cultuurbarbarij, want die wal stamt uit de middeleeuwen. Rondelen zijn van die halfronde uitstulpingen in een wal. Links en rechts van Poort Waerachtig liggen twee rondelen. Als je er op die manier naar kijkt krijgt het iets freudiaans, realiseer ik me nu.'

'Er is volgens mij niet veel voor nodig om jou freudiaanse gedachten te bezorgen.'

Hij kuste haar.

'Noem nog eens wat leuke plekjes,' zei ze.

'Pfoeh. Nou ja, je vindt ze in elke stadsgids. Bovendien: Maastricht is Londen of Parijs niet. Het is een provinciestad met 120.000 inwoners.'

'Kom, er zijn vast allerlei mooie plekjes die ik niet ken. Of plekjes waar je speciale herinneringen aan hebt.'

'Dat klopt, maar mijn herinneringen maken een plek niet mooi. Het huis waar ik geboren ben, de struiken in het Stadspark waar ik mijn eerste kus kreeg, die hoek bij de Via Regia waar ik na het zwemmen in de regen stond te praten met een vriendinnetje. Die plekken hebben geen speciale betekenis voor een voorbijganger.'

Hij wreef met zijn hand over haar naakte, platte buik.

'Weet je wat mijn meest bijzondere plekje is? Zo'n

plekje dat niet in de gidsjes staat? Een hidden treasure, my best kept secret?'

Ze spande haar rug en zei zacht: 'Johanna forever.'